AF236669

Bibliografische Informationen der
Deutschen Nationalbibliothek. Die Deutsche
Nationalbibliothek verzeichnet diese
Publikation in der Deutschen
Nationalbibliografie, detaillierte
bibliografische Daten sind im Internet über
http://dnb.dnb.de abrufbar.

© 2018 Karl-Heinz Rüster
Herstellung und Verlag

BoD - Books on Demand, Norderstedt
ISBN: 9 783751 953498

Die Toten in den Everglades

Wie erst heute Morgen bekannt wurde, wurden die drei Personen, welche seit vier Tagen vermisst wurden, tief in den Everglades gefunden. Laut Medienberichten konnten die drei nur noch tot aus den Everglades geborgen werden. Die Medien berichteten weiter, dass die drei Toten einen üblen tot erlitten haben mussten. Nach

Aussage von Freunden waren die drei mit einem Airboat aus Everglades City in Richtung Everglades National Park zu einer „Erkundung" unterwegs, begleitet von einem erfahrenen Miccosukee Indianer. Nachdem sie spät abends nicht zurückgekehrt waren, wurde eine große Suchaktion eingeleitet.

Das Miccosukee Police Department hat die Ermittlungen aufgenommen.

Die Identitäten der Toten waren rasch ermittelt, da die beiden Toten, außer dem Miccosukee Indian Airboat Captain, Ausweise bei sich trugen.

Der Miccosukee Indian wurde als Will (Eagle) Osceola identifiziert, er war den Ermittlern persönlich bekannt.

Die anderen beiden waren, Chris Apples und Stan McPride.

Das FBI wurde von dem Seminole/Miccosukee Police Department um Amtshilfe gebeten, da einer der Toten kein amerikanischer Staatsbürger war. Stan McPride war Engländer und damit waren wir, das FBI zuständig.

Mein Name ist Phil Millner, Detektiv beim FBI Field Department in Fort Myers, ich wurde mit der Untersuchung beauftragt. Zusammen mit meinem langjährigen Kollegen Bert Hunt, haben wir sofort mit den Ermittlungen begonnen, wir sind zu der Unglücksstelle aufgebrochen, wo die drei gefunden wurden.

Die Fundstelle war nur mit dem Airboat oder mit dem Hubschrauber zu erreichen.

Sie liegt circa 18 km Luftlinie südöstlich von Everglades City.

Der Scenic Loop Road Drive, die nächste Möglichkeit, auf

Menschen zu treffen, liegt 15 km Richtung Ost. Nach Norden, bis zur US 41(Tamiami Trail) sind es auch über 13 km. Die Fundstelle liegt inmitten der Everglades. Die Koordinaten der genauen Position sind:

25°45'45.75"N 81°13'52.17"W.

Die Szene war selbst für einen erfahrenen Polizisten, der schon einiges gesehen und erlebt hat ausgesprochen grausig. Das Airboat lag circa einen Kilometer von der Stelle entfernt, wo die drei Männer gefunden wurden, umgestürzt im flachen Wasser. Es konnte nur sehr schwer, auch von einem Helikopter aus, ausgemacht werden, das meterhohe Gras erschwerte die Einsicht. Stan McPride und Chris Apples lagen nahe beieinander Will der Indian Guide ungefähr 800 Meter davon entfernt, näher zum umgestürzten Airboat.

Stan McPride und Chris Apples mussten aus dem Sumpf befreit werden, sie hatten sich in Schlingpflanzen verheddert und lagen im Klaren flachen Wasser. Nur die Köpfe ragten noch aus dem Wasser, von Moskitos und anderem Getier zur Unkenntlichkeit entstellt. Will Osceola, welcher näher am Airboat gefunden wurde, war zwar nicht so entstellt wie die beiden anderen, aber auch dieser war von unzähligen Insektenstichen übersät.

Die Leute der Spurensicherung bemerkten eine große Platzwunde an seinem Hinterkopf, zwei Einstiche oder Bissmarken an seinem linken Arm, sie waren nur sehr schwer zu erkennen, da auch Beine und Arme von Insektenstichen zerstochen waren, aber erkennbar.

Das Szenario an sich, war schon etwas unwirklich, die schlechte Sicht, die flimmernde Hitze, die leichten

Nebelschwaden über dem Sumpf, taten das Übrige. So etwas hatte ich noch nie zuvor gesehen, die unglücklichen hatten keine Chance, dem Sumpf zu entkommen. Sie müssen einen Schrecklichen tot erlitten haben.

Wir verließen beide den Ort und unterhielten uns auf dem Rückweg nach Fort Myers zum Field Department, über das, was wir gerade erlebt und gesehen hatten.

„War es ein Unfall"? Sagte ich zu Bert, „Es sind keine Hinweise auf eine Fremdeinwirkung zu sehen gewesen. Die Platzwunde am Kopf des Indian Guides kann von dem Unfall des Airboats stammen. Die beiden anderen hatten sich in den Pflanzen verheddert und konnten sich nicht davon befreien, waren sie schon zu schwach dazu?"

„Möglicherweise hatten sie versucht, das umgestürzte Airboat wiederaufzurichten und hatten sich bei dem Versuch total verausgabt und waren danach zu schwach um sich von den Pflanzen zu befreien? Versuchten sie, zu Fuß den Weg zurückzugehen, ein schwieriges Unterfangen an sich, nur der Indian Guide hatte vermutlich die nötige Erfahrung das zu schaffen," antwortete mein College.

Der Sumpf ist eine Herausforderung an jeden der das versucht. Und mir war aufgefallen, dass die beiden sich in die falsche Richtung vom Airboat wegbewegt hatten, dies hätte sie noch tiefer in die Everglades geführt, denn sie liefen in südliche Richtung anstatt nach Westen in Richtung Everglades City oder nach Osten zum Scenic Loop Drive. Der Miccosukee Airboat Kapitän, derjenige, den man näher zum umgestürzten Boat fand, hatte möglicherweise eine Begegnung mit einer Schlange und das hat ihm das Leben gekostet, vermutlich! Die Einstiche an seinem linken Arm lassen darauf schließen.

Das alles sind Fragen, welche geklärt werden müssen. Ich bin gespannt, zu welchen Ergebnissen die Forensik Abteilung kommt.

Zum Beispiel, was ist die genaue Todesursache?

„Ich muss dringend eine Obduktion beantragen", ich machte mir sofort eine Notiz in meinen Kalender, damit ich das sofort beantrage, wenn ich zurück im Büro bin. Hier draußen hatte ich keine iPhone Verbindung.

„Soweit ich das bis jetzt beurteilen kann, liegt kein ersichtlicher Grund einer Fremdeinwirkung bei den drei

Toten vor, ich denke, es war ein schrecklicher Unfall."

Bert stimmte zu, auch er konnte zu diesem Zeitpunkt kein Fremdverschulden erkennen.

Im Office angekommen, verfassten wir den unvermeidlichen Bericht und dachten, der Fall sei erledigt. Der Rest ist Routine und wird von den einzelnen Abteilungen bearbeitet. Somit war unser Einsatz beendet, dachten wir!

Einige Tage später hatte ich einen Bericht der Forensik Abteilung auf meinem Schreibtisch, der verwunderte mich schon und ich begann Zweifel an der Todesursache zu hegen.

Womöglich war es doch kein Unfall, wie wir erst vermuteten?

In dem Bericht hieß es:

„Der Miccosukee Indian, starb an einer hohen Dosis Schlangengift, aber die Bissmarken an seinem linken

Arm, sind eigentlich dafür zu klein. Es wird vermutet, dass es eher Nadelstiche sind".

Warum die anderen beiden Toten sich so in Schlingpflanzen verheddert haben, ist auch den Forensik Spezialisten ein Rätsel.

Die genauen Todesursachen werden noch untersucht.

Die Schlingpflanzen in den Sumpfgebieten sind nicht so widerstandsfähig, um einen erwachsenen Menschen festzuhalten. Sie sind mit wenig Kraftaufwand zu zerreißen, selbst Kinder wären in der Lage dieses zu tun.

Ich versuchte, mir vorzustellen, warum die beiden sich nicht von den Pflanzen befreien konnten. Ich kam zu keinem Ergebnis. Das ist schon sehr seltsam, was immer durch meinen Kopf ging, ein solches Szenario konnte ich mir nicht vorstellen:

„Drei Menschen töten, zwei der Toten mit den Schlingpflanzen umwickeln und damit die Beine der Toten fesseln? Den dritten mit Schlangengift injizieren, absurd, ich verwarf den Gedanken." „Aber warum konnten die sich nicht von den Pflanzen befreien? Gibt es noch eine Version? Im Moment fällt mir keine andere dazu ein."

Ich rief sofort Bert an, um ihm das Ergebnis mitzuteilen.

Auch Bert hegte Zweifel, „Eventuell wurde da nachgeholfen", sagte er.

Alles Fragen, welche dringend beantwortet werden müssen.

Woher kam dann der Mörder, wenn es Mord war? Das Airboat hatte, laut Zeugen, nur die drei Personen an Bord, als es die Anlegestelle verließ.

Der Obduktionsbericht der Toten bestätigte die ersten Untersuchungen der Forensik Mitarbeiter.

„Der Miccosukee Indianer erlag an einer hohen Dosis Schlangengift, welches in seinem Körper gefunden wurde (es wurde als das Gift einer Cottonmouth Water Moccasin identifiziert).

Die Wunden an seinem Arm sind aber zu winzig, als dass sie von einer Schlange stammen könnten.

Die beiden anderen starben an Schwäche und den Folgen der hohen Temperaturen. Es herrschten Tagestemperaturen von über 33 °C mit einer sehr hohen Luftfeuchtigkeit zur Zeit des Unglückes in den Everglades. Und die Moskitos treten in Myriaden Schwärmen auf".

Das Seminole Police Department informierte mich einen Tag später, dass die beiden Toten, außer dem Airboat Captain, zu einem Konsortium gehörten, welches seinen Sitz in Miami hatte. Laut Bericht der Seminole Kollegen, plant das Konsortium in den Everglades eine riesige Stadt, im Stile Las Vegas zu Bauen.

Konsortium für Development in Südwest Florida nannte sich diese Firma, kurz „**KDSF**".

Hallo, dachte ich, jetzt wird die Sache aber ausgesprochen interessant.

Bert sagte zu mir, *„Hattest du gewusst, dass es Pläne gibt eine Stadt inmitten der Everglades zu bauen?"*

„Nein" sag*te ich, „Das ist mir neu und mit Verlaub gesagt, der helle Wahnsinn."*

Bei weiteren Nachforschungen stießen wir auf Verbindungen des Konsortiums, zu den Miccosukee und Seminole Tribes.

„Wir sollten den Tribes, sprich Seminole und Miccosukee einen Besuch abstatten, um herauszufinden, ob jemand von den Clans etwas von dem

Verschwinden und dem Tod der drei Männer, oder von dem Plan einer Stadt in den Everglades wusste", sagte ich zu Bert.

Der Seminole Indian Tribe unterhält ein Casino in Immokalee. Der Miccosukee Tribe unterhält ein Resort and Gaming Casino in Miami, alles innerhalb ihrer Reservate und das sehr erfolgreich. Das Miccosukee Casino befindet sich an der US *41*, Tamiami Trail und Krome Avenue.

Bert meinte, *„Wir sollten einen Kollegen vom Seminole Police Department um Amtshilfe bitten, da der ‚Unfall Ort'* *sowieso in deren Jurisdiktion Bereich fällt."*

Ich rief im Seminole Police Department an und es wurde uns der Kollege Harry (*Snake*) Cypres zugeteilt.

Harry meldete sich am nächsten Morgen und wir

verabredeten uns zu einem Treffen im *Miccosukee Resort and Gaming Casino* in Miami.

Harry (*Snake*) war Special Deputy Officer Des Miccosukee Police Departments.

Alle Deputies waren für Verbrechen, welche in den Indian Reservation begangen wurden, zuständig.

Es lag zwar kein konkreter Verdacht eines Verbrechens vor, es sollte aber keine Möglichkeit außer Acht gelassen werden.

Ich interessierte mich vor allem für die Verbindungen der Tribes zu dem internationalen Konsortium für Development in Südwest Florida, wie die Firma sich nannte.

Erste Ermittlungen ergaben, dass dem Konsortium einige sehr einflussreiche Personen angehörten. Ja selbst Verbindungen zu höheren Kreisen in Washington waren nicht auszuschließen.

Die Firma war in Miami ansässig, und zwar in der exklusivsten Lage.

Es konnten noch keine Namen genannt werden aber eines ist schon jetzt klar, es ist ein sehr einflussreiches Unternehmen, mit enormen finanziellen Mitteln. Es wurden einige Details bekannt, dass es auch Verbindungen zu der kolumbianischen Drogen Maffia geben soll.

Die Kollegen aus den zuständigen Bereichen arbeiten schon fieberhaft an der Sache.

Es wird immer interessanter!

Wir trafen uns gegen Abend im Miccosukee Gaming Resort und wollten mit dem Vorsitzenden ein paar Worte reden, aber da hatten wir erst einmal die Rechnung ohne den Wirt, sprich der Sekretärin im Vorzimmer gemacht. Sie verweigerte uns ein Treffen, mit der

Behauptung, es sei niemand aus der Führungsebene anwesend.

Jetzt wurde es mir zu bunt und ich knallte der hübschen Dame meinen FBI Ausweis auf den Tisch und verlangte sofort jemanden zu sprechen der für den Betrieb des Resorts zuständig ist.

Das half, sie spurtete durch die riesige Glastür nach hinten und zwei Minuten später kam sie mit einem Herrn im Gefolge zurück. Er stellte sich als Rob (Deer) Peterson vor, er sei der Assistent Chairman.

Wie, kann ich ihnen helfen, fragte er und entschuldigte sich auch gleich dafür, dass seine Sekretärin ihn nicht sofort informiert hatte.

„Schwamm drüber", sagte Snake.

„Kommen wir zur Sache.

„Erstens, was ist dem Tribe von dem Vorhaben zum Bau einer Stadt im Reservat bekannt.

Zweitens in was für einer Beziehung standen die drei Toten aus den Everglades zum Miccosukee Tribe.

Drittens, hat oder hatte der Tribe irgendwelche Verbindungen zu dem internationalen Konsortium KDSF."

Rob, bot uns höflich an, Platz zu nehmen, er begann auch gleich zu bestätigen, dass vor einigen Monaten ein Treffen mit einigen Mitgliedern der Firma KDSF stattgefunden hätte. Näheres sei ihm aber nicht bekannt, da er nicht bei dem Meeting persönlich anwesend gewesen sei. Er wüsste aber, dass es in dem Meeting um die Planung einer Stadt im Reservat ging.

Weiter wisse er, dass es innerhalb der Clans eine ganze Menge Befürworter gäbe, der größte Teil aber einen solchen Bebauungsplan strikt ablehne.

Er bedauerte den tragischen Tod von Will (Eagle) Osceola dem Miccosukee Scout, wer die anderen seien, wisse er nicht.

„Wie sehen es die Seminole und Miccosukee", fragte ‚Snake?

„Auch da denke ich, gibt es für und wider. Ich sage Ihnen, es wird sehr heiß darüber diskutiert.

Auf der einen Seite, würde das einen riesigen finanziellen Schub für unser Reservat bedeuten, die Mehrheit der Indian Tribes befürchten aber die totale Zerstörung der Everglades und somit unseres Lebensraumes. Und wir haben dem River of Grass, ‚Kahayatle', wie wir es nennen, soviel zu verdanken. Er hat uns das Leben gerettet, als wir nach dem Seminolen Krieg in die Everglades fliehen mussten. Die Everglades haben uns Schutz vor Verfolgung geboten. Wir als Seminole und Miccosukee verdanken den Everglades unseren Fortbestand. Das werden wir nie vergessen, wir haben einen spirituellen Kontakt zu den Everglades, so zu sagen, ist es eine Symbiose. Beide profitieren voneinander."

Snake, sagte zu mir und Bert, „Er hat recht, die Tribes sind eng mit der Biosphäre der Everglades verbunden. Es gibt nur noch ungefähr 4400 Seminole Tribe Mitglieder in sechs Indian Reservationen in Florida.

Es gibt auch einige wenige Tribe Mitglieder, die sich weigerten, der 1962 von der US Regierung separaten Anerkennung als Miccosukee Tribe der Indianer von Florida gewährten Zusammenschlusses beizutreten.

Sie gelten seither als ‚unabhängige Seminolen', die vom Bundesamt für Indianerangelegenheiten nicht offiziell anerkannt sind. Sie protestieren weiterhin *offiziell gegen jede Intervention der Regierung in ihr Leben und halten mit der Bundesregierung einen offenen Landanspruch für einen Großteil des Staates Florida aufrecht.*

Wie viele es genau sind, ist auch den Tribes nicht bekannt, es sollen jedoch einige hundert sein.

Diese unabhängigen Seminolen leben in sehr entfernt gelegenen Teilen inmitten der Everglades."

Ich bedankte mich bei Rob (Deer) für die Auskünfte und sagte zu ihm, *„Sollten wir noch weitere Fragen haben, werden wir uns wieder an sie wenden".*

Rob (Deer) versprach, in jeder Hinsicht behilflich zu sein.

Wir bedankten uns und verließen das Casino, aber nicht bevor wir einen Drink auf Kosten des Hauses genommen hatten.

Am nächsten Morgen lagen die Namen des Vorstandes der Firma ‚KDSF' auf meinem Schreibtisch:

Die Firma KDSF ist eine internationale Holding Gesellschaft.

Vorsitzender: Dr. Nigel Pastor

Stellvertreter: Sam Petrovich

Finanzen: Paul McRian

Sein Stellvertreter ist Dr. Ali Hussuf.

Dann waren da noch:

Peter House (Publik Relations).

Dr. Han Sussy (Architekt und technischer Leiter für Stadtplanung).

Und die beiden Verstorbenen, Chris Apples, er war Geologe, sowie Stan McPride, er gehörte dem Städte Planung Team an.

Bert fand heraus, dass der Vorsitzende Dr. Nigel Pastor, Verbindungen zur

Kolumbianischen Drogen Maffia haben soll, man konnte ihm aber bisher nichts nachweisen. Er wird seit über einem Jahr 24/7 von den Kollegen der Drogen Bekämpfung überwacht, derzeit mit wenig Erfolg.

Dr. Nigel Pastor besitzt eine Million teure Villa in Naples am Gordon Drive.

Sam Petrovich, geborener Russe mit amerikanischem Pass ist ein Millionär, lebt in New York und macht sein Geld mit Immobilien, oder anderen skurrilen Geschäften.

Der Finanz Manager Paul McRian ist bisher nicht aufgefallen.

Dr. Ali Hussuf, ist ein Investor aus Abu Dhabi. Er ist im Besitz einer gültigen Aufenthaltsgenehmigung, auch er war bisher nicht auffällig.

Peter House ist auch nicht auffällig geworden, genau wie Stan McPride und Chris Apples, die beiden Toten.

Dr. Han Sussy ist Architekt und bisher auch nicht auffällig geworden.

Ich wunderte mich, dass unsere Institutionen, wie FBI, CIA, NSA von den Plänen und den Aktivitäten der KDSF nichts mitbekommen hat, waren das zu kleine Fische? Es betrifft öffentliches Land und ich denke, das alleine reicht aus um die Aktivitäten der „Firma" näher zu durchleuchten.
Die Everglades sind, denke ich, mit allen zur Verfügung stehenden Mitteln zu schützen und jeder Eingriff in dieses einmalige Eco System muss schon im Keime unterbunden werden. Das sind wir unseren Mitbürgern und allen nachfolgenden Generationen schuldig. Deshalb wundere ich mich, dass eine solche Planung, ein neues Las Vegas in einem *Naturschutzgebiet* zu bauen, bis

heute unbeachtet blieb. Normal sickert so was ganz schnell durch, vor allem, die Presse, die hat immer ein Gespür für solche Neuigkeiten.

Die Presse und auch das FBI, sind erst durch den Unfall der gefundenen Toten in den Everglades aufmerksam geworden.

Auch denke ich, sind wir das den wenigen verbliebenen indianischen Clans schuldig, uns mit dieser mysteriösen Firma ausgiebig zu befassen.

Alleine der Gedanke, aus reiner Profitgier, bewusst die Everglades zu zerstören ist höchst kriminell.

Unsere Regierung hat die Indianer während des Seminolen Krieges und auch danach, nicht sehr menschenfreundlich behandelt, im Gegenteil sie wurden aggressiv und menschenverachtend verfolgt und gezwungen sich in die entlegensten Winkel der Everglades zurückzuziehen.

Das ist eine dunkle Seite unserer Geschichte, leider!

Die Frage ist, was steckt dahinter und vor allem, *wer*.

Snake machte den Vorschlag, den unabhängigen Seminole/Miccosukee einen Besuch abzustatten.

„Habt ihr schon einmal einen Trip tief in die Everglades gemacht? Ich meine nicht die Touristen Pfade! Das wird nicht ganz einfach, selbst für mich ist das nicht ganz ungefährlich“.

„Nein", sagte ich und Bert schüttelte verneinend den Kopf, hört sich aber nach einer Herausforderung und Abenteuer an.

Lass uns das in Angriff nehmen, nachdem wir der Firma KDSF auf den Zahn gefühlt haben.

„Überlegt euch das gut, das müssen wir alles mit dem

Airboat, Kanu und den Rest der Strecke zu Fuß erwandern. Ich werde meinen Clan bitten, für uns einen Pow Wow abzuhalten, damit der River of Grass uns gut gesonnen ist."

Daraufhin lachten wir beide und Snake meinte, *„Das meine ich ernst. Wir könnten das Ganze auch mit einem Helikopter machen, aber ich glaube, ihr beiden solltet einen besseren Eindruck unseres Lebensraumes, eine Beziehung, zu dieser einmaligen Natur bekommen.*

Lasst mich das vorbereiten, ich muss erst einige Clan Mitglieder befragen, wo wir die unabhängigen Seminole Tribes überhaupt finden."

Am nächsten Tag standen wir bei der Firma KDSF in Miami auf der Matte. Wir wurden von der Sekretärin in einen feudalen Besprechungsraum gelotst und gebeten Platz zu nehmen, der stellvertretende Vorsitzende, Sam Petrovich würde sich umgehend um uns kümmern, er hätte aber gerade eine wichtige Besprechung, es würde aber nicht mehr allzu lange dauern. Sie bot uns einen Kaffee an, aber wir lehnten dankend ab, darauf verschwand sie lächelnd in Richtung ihres Büros.

Zehn Minuten später wurden wir von Sam Petrovich begrüßt und er bedaure es, dass wir so lange warten mussten, doch die Besprechung sei äußerst wichtig und unaufschiebbar gewesen.

Er fragte, *„Was er für uns tun könne."* Wir legten ihm unsere Ausweise auf den riesigen Besprechungstisch und verlangten Auskünfte bezüglich der Toten in den Everglades, speziell, was der genaue Auftrag der beiden Mitglieder der Firma KDSF in den Everglades war.

Weiter wollten wir gerne näheres über den Plan einer Stadt im Reservat erfahren.

Welche Ämter sind bisher informiert worden, wenn überhaupt. Sind Genehmigungen beantragt, usw.

Wo genau soll die Stadt entstehen?

Gibt, oder gab es Gespräche mit den Tribes? Wer waren die Gesprächspartner?

Der Mann mit dem russischen Akzent, Sam Petrovich wirkte sehr gelassen, und mit ruhiger Stimme begann er sich zu den Fragen zu äußern:

„Als Erstes, Chris Apples und Stan McPride, hatten den Auftrag die Bodenverhältnisse der Everglades genauer zu untersuchen". Er versuchte, uns zu erklären, *„Dass es sehr wichtig sei, in solch schwierigem Gelände Hochhäuser zu bauen, dazu müsse man die Bodenverhältnisse sehr genau kennen. Die meisten geplanten Hochhäuser müssten auf Stelzen gebaut werden, welche tief in den Boden gerammt werden. Die*

Erfahrung dazu hätte man beim Bau von Dubai gemacht und man könne diese hier in den Everglades nutzen.

Um dieses festzustellen, haben wir den Geologen und den Stadtplaner mit Echoloten und anderen geologischen Instrumenten in die Everglades geschickt."

Ich machte mir Notizen, weil nirgendwo solche Instrumente gefunden wurden. Danach muss noch mal gezielt gesucht werden, schrieb ich ins Notizbuch.

Ich erwiderte Ihm, *„Dass bisher keine derartigen Instrumente gefunden wurden, weder auf dem Boot, noch bei den Fundstellen der Toten. Sehr seltsam!"*

Er fuhr fort, *„Die zuständigen Büros arbeiten an den Genehmigungen, er könne aber nicht sagen, welche amtlichen Stellen involviert* sind. Das kann er eruieren und lässt es mich dann wissen, mit wem die Planer derzeit zusammenarbeiten."

Ich meinte zu ihm, „Er solle das bitte tun, es würde uns weiterhelfen."

„Um ihre Frage zu beantworten, ob wir mit den Seminole und den Miccosukee Tribes Verbindungen haben, ja, haben wir.

Das ist aber keine strafbare Handlung, oder?"

Nein sagte ich, „Das ist es nicht, aber die Errichtung einer Stadt in den Reservaten, schon.

Die Reservate der Seminole/Miccosukee sind Public Land und stehen unter strengem Schutz des Staates".

Lächelnd erwiderte er, „Der Gewinn einer solchen Metropole, zwischen Naples und Miami gelegen, ergebe jedoch ökologischen Sinn, der explodierende Tourismus würde den Indianern zu unglaublichem Reichtum verhelfen. Die Firma KDSF wird alles Mögliche tun, den Eingriff in das Ökosystem so gering wie möglich zu halten. Wenn wir möchten, könne er uns das bereits fertige Model zeigen. Sie werden erstaunt sein, sagte er voller Stolz."

Zusammen begaben wir uns in eine Halle, wo tatsächlich das Model einer ultramodernen Stadt aufgebaut war.

Es verschlug uns allen den Atem, denn das war gigantisch,

es war im Stile von Dubai und Abu Dhabi konzipiert. Die meisten der Hochhäuser standen auf Stelzen, waren untereinander mit Glasröhren und Brücken verbunden, es schaute aus, wie aus einer anderen Welt. Er erklärte weiter, *„Dass die US 41 zu einer achtspurigen Interstate ausgebaut werden würde.*

Innerhalb der City wird der Verkehr durch Hochgeschwindigkeits Monorails bewerkstelligt. Das wird natürlich, für die Besucher kostenfrei zur Verfügung stehen. Auch werden Wasserwege, etwa wie die Kanäle in Cape Coral mit dementsprechenden Wasser Taxis zur Verfügung stehen, die ebenfalls kostenlos zu benutzen sein werden. Die weitere Planung sieht vor, auch autonom fliegende Air-Taxis einzusetzen, und natürlich werden für den individual

Verkehr Elektro-Fahrzeuge eingesetzt.

Die Casinos sind durch diese Verkehrssysteme untereinander vernetzt. Derzeit sind etwa 50 Casinos geplant."

Auf die Frage, wie groß denn die zur Verfügung zu stellende Fläche sein müsste, antwortete Mr. Petrovich: *„Las Vegas misst 135.9 square miles, und in etwa das gleiche wird für **Miccosukee City** benötigt. Etwa 10 Meilen West-Ost und 15 Meilen Nord-Süd.*"

Von Marco Island liegt das Zentrum 40 Meilen östlich und vom Miccosukee Resort ungefähr 37 Meilen westlich entfernt.

Ich erwiderte, *„Das ist ein riesiges Gebiet im Herzen der Everglades, das würde den sofortigen tot des gesamten Gebietes bedeuten, mit all seinen Tieren und Pflanzen. Allein der Gedanke daran ist so absurd, es tut mir leid, das in* dieser Härte sagen zu müssen, aber ich bin mir sicher, das wird niemals genehmigt werden.

Das Model sieht wunderschön aus, aber sie haben den falschen Platz dafür ausgesucht."

Sam Petrovich gab mir zur Antwort, „Das mögen Sie so sehen aber ‚Sie' haben keinen Einfluss auf die Entscheidung. Das Bestimmen höhere Kreise, damit haben Sie nichts zu tun, aber auch gar nichts. Jetzt möchte ich sie bitten unsere Firma zu verlassen, ich habe noch wichtigere Termine zu erledigen, es sei denn, sie hätten noch weitere Gründe mich von meiner Arbeit abzuhalten."

„Bitte meine Herren", er wies uns den Weg zur Tür, verbeugte sich und verschwand durch die hintere Glastür.

„Alle Wetter", sagte Snake, „Das war ein Filmreifer, arroganter Auftritt, und er machte den Eindruck, als sei er in der besseren Position. Sein Verhalten alleine sollte uns anspornen, der Sache tiefer auf den Zahn zu fühlen."

„Wir haben da möglicherweise in ein Wespennest gestochen", sagte ich. „Wir sollten von jetzt an auf uns aufpassen, denen traue ich alles zu. Da ist zu viel Geld im Spiel, das genügt einigen Leuten auf schlechte Gedanken zu kommen. Also, Leute passt auf euch auf. Wann immer es geht, treten wir gemeinsam auf und jeder achtet auf den Rücken seines Kollegen. Ist das klar?" „Okay Boss", klang es simultan aus beiden Kehlen.

„Ich will zwar nicht den Teufel an die Wand malen, aber sicher ist sicher. Haltet eure Waffen immer griffbereit. Jetzt lasst uns zurückfahren, es ist schon spät, das weitere Vorgehen besprechen wir morgen früh im Büro."

Snake übernahm das Fahren und wir brauchten fast zwei Stunden bis nach Fort Myers. Es wurde noch lange während des Fahrens diskutiert, vor allem das arrogante Auftreten von Mister Sam Petrovich machte uns hell wach.

Am nächsten Morgen, im Büro veranlassten wir die Überprüfung der einzelnen Mitglieder des Vorstandes der Firma KDSF, ich beauftragte die einzelnen Abteilungen, sich um die Überwachung zu kümmern und mich ständig auf dem Laufenden zu halten. Ich wollte immer wissen, was in dieser Firma so alles abging.

Ich beschloss, dem Herrn Dr. Nigel Pastor näher auf den Pelz zu rücken, der Gordon Drive in Naples ist nicht allzu weit von Fort Myers entfernt.

Wir drei machten uns spätnachmittags auf, um das

Anwesen des Dr. Nigel Pastor näher unter die Lupe zu nehmen.

Snake und Bert sollten den vorderen Bereich beobachten, ich wollte mich, mithilfe meines kleinen Helferleins, sprich Drohne mit hochauflösender Kamera, von der Strandseite des Anwesens nähern. Das gesamte Anwesen war von keiner Seite aus, einzusehen. Alles war von einem zwei Meter hohen Zaun und noch höheren Pflanzen umgeben.

Warum jemand sich den Blick aufs Meer mit hohen Zäunen verbaut ist mir ein Rätsel, es wird einen Grund dafür geben.

Der Eingang war ein riesiges künstlerisch gestaltetes Eisentor, mit Wachhäusern links und rechts, mit den entsprechenden Wächtern besetzt.

Das Tor wurde nur geöffnet, wenn einer der Wachposten, dem anderen, durch Handzeichen bestätigte, dass der Besucher angemeldet war. Was für ein Aufwand ein privates Haus zu sichern. Das war bei keinem anderen Haus am Gordon Drive zu beobachten. Schon seltsam.

Ich nutzte eine Seitenstraße mit Zugang zum Gulf of Mexico und schlenderte entlang der Beach, Richtung Süd. Es waren nur einige Touristen an der Beach, auch einige Hauseigentümer machten sich einen schönen Nachmittag und ließen sich die Sonne auf den Bauch scheinen. *„Das können wir uns vom FBI Office nicht leisten,"* dachte ich.

An dem Anwesen, des Dr. Nigel Pastor angekommen, packte ich meine kleine Drohne aus.

Snake und Bert meldeten, dass soeben vier schwarze Limousinen, dunkel verglast, vorgefahren seien. Die Wachtposten hätten diese sofort durch das Schiebetor eingelassen.

Snake meinte, *„Die wurden wohl schon erwartet."*

Mein fliegendes Auge war fertig zum Start und ich steuerte die Drohne vertikal, etwa 50 Meter in die Höhe. Die Kamera begann sofort alles aufzuzeichnen, Ich konnte auf meinem iPad sehen, dass fünf Limousinen auf der halbrunden Auffahrt standen. Es rannten eine Menge Wachleute mit Maschinenpistolen im Anschlag um das Gebäude herum. Oh, sagte ich zu mir selbst, *„Das sieht nach einem Gipfeltreffen aus, und ich glaube die wollen absolut keinen Besuch und keine Zeugen des Treffens."*

Womit ich wohl recht hatte, denn es näherten sich zwei ATV's durch die sich gerade öffnende Schiebetür im Zaun und hielten geradewegs auf mich zu. Ich hatte gerade noch so viel Zeit, Bert und Snake zu informieren, da waren die Jungs mit den schwarzen Anzügen und dunklen Sonnenbrillen bekleideten Gestalten auch schon bei mir.

Der erste fragte mich mit auffordernder Stimme, was ich hier mache und dass ich mich auf Privatbesitz befände. Der Besitzer wünscht absolut keine Aufnahmen seines Besitzes und ich solle ihm sofort die gemachten Aufnahmen der Drohne aushändigen.

Er hatte seine rechte Hand unter seinem Revers und ich konnte den Abdruck einer Pistole erkennen.

Ich blieb cool und antwortete, „Da sind sie wohl falsch informiert, denn ich stehe immer noch auf öffentlichem Land.

Der Strand ist, wie jeder weiß öffentlich, und zwar von der Wasserlinie bis zur Flut Linie. Außerdem habe ich keine Aufnahmen des Grundstücks gemacht, sondern den herrlichen

Sonnenuntergang und den Strand gefilmt und das ist nicht verboten.

Der zweite Mann stieg von seinem ATV und meinte, ich solle keine Schwierigkeiten machen und ihm einfach das geforderte Material aushändigen, auch er hatte seine Waffe unter dem Anzug schon in der Hand.

Aus dem Augenwinkel sah ich, dass Bert schon, hinter einem Busch, seine Waffe im Anschlag hatte und ich dachte, *„Snake liegt mit Sicherheit auch auf der Lauer."*

Ich sagte mit fordernder Stimme zu den beiden, *„FBI nehmen Sie ganz langsam Ihre Waffen aus den Holstern und werfen sie diese in den Sand, ich wiederhole mich selten!"*

Ich wusste was jetzt kommt, die beiden drehten durch und rissen Ihre Waffen aus den Holstern.

Das war dumm, denn aus zwei Richtungen gleichzeitig flogen ihnen die Kugeln um die Ohren.

Der auf dem ATV viel getroffen sofort von seinem Sitz, und der mir am nächsten stand brach auch augenblicklich zusammen und hielt sich sein linkes Bein. Der Strand färbte sich langsam rot. Der ATV Mann lag im Sand und jammerte fürchterlich.

Ich rief zu Bert und Snake, *„Nehmt die ATV's und nix wie weg von hier, ehe die ganze Meute hinter uns her ist."*

Ich sammelte meine Drohne ein, welche die ganze Zeit über uns ihre Position hielt, dass macht das Ding automatisch, sobald man die Steuerung loslässt.

Die beiden spurteten heran und wir setzten uns mit den ATV's in Richtung Norden ab. Ich hatte hinter Bert auf dem ATV Platz genommen und rief über Funk unsere Kollegen an, damit diese veranlassen, dass das Naples Polizei Department sich um die Sache kümmert.

Unser Office bestätigte meinen Ruf und sagte, dass ein SWAT Team schon auf dem Wege sei, außerdem befände sich ein Team der Drogen Bekämpfung sowieso vor Ort und die hätten das Anwesen schon gestürmt.

Wir flüchteten zu unserem geparkten Wagen und verließen die ungastliche Szene.

Unterwegs erhielten wir die Nachricht, dass alle auf dem Anwesen befindlichen, festgenommen wurden. Nur eine Limousine konnte fliehen, bevor die Teams zugreifen konnten.

Die Limousine wurde später in einer Seitenstraße, unweit vom Naples Airport gesichtet, der Fahrer wurde mit einer Schusswunde im Kopf, tot aufgefunden.

Jetzt waren, alle Hühner aufgeschreckt, denn das waren

keine kleinen Delikte mehr, wir hatten es plötzlich mit organisiertem Verbrechen zu tun.

Zurück in unserer Abteilung, dort herrschte große Aufregung, es waren Agenten im Büro, welche ich noch nie zu Gesicht bekommen hatte. Selbst unser Boss war anwesend und er verpasste mir auch gleich eine Rüge, er meinte, das wäre gerade noch mal gut gegangen. Beim nächsten Einsatz sollten wir das aber dringend mit den anderen involvierten Abteilungen abstimmen. Die Drogen Leute, hätten sich schon beschwert, dass sie nicht von unserem Einsatz informiert wurden.

Aber gleichzeitig sagten sie, durch unser Auftauchen, hätten sie eingreifen müssen und hätten einen tollen Fang gemacht. Es wurden insgesamt 17 verdächtige Personen festgenommen. Darunter auch Diplomaten aus Kolumbien.

Weiter wurden Drogen im Wert von mehreren Millionen Dollar beschlagnahmt.

Insgesamt ein großer Erfolg.

Nur der Hausbesitzer ging den Drogen Leuten und dem SWAT Team durch die Lappen. Das wird die Limo gewesen sein, die es schaffte vor dem Zugriff, dass Weite zu suchen.

Mein Boss erteilte uns Sondergenehmigungen im weiteren Umgang mit der Firma KDSF und den Tribes.

Uns standen ab sofort alle Transportmittel, auch die Spezial Waffen des FBI zur Verfügung, wir konnten jederzeit Hilfe aus den Sonder-Abteilungen (Spezial Agenten) anfordern.

Solange ich beim FBI tätig bin, ist das bisher noch nicht passiert.

Wir haben für großen Wirbel gesorgt, speziell in der Drogen Scene.

Es war sehr spät geworden und wir fuhren nach Hause.

Ab sofort war das Büro rund um die Uhr mit Agenten besetzt, von unserem Büro wurden jetzt die einzelnen Einsätze gesteuert.

In der Nacht wurde ich aus dem Tiefschlaf gerissen, ich hatte weniger als eine Stunde geschlafen. Das Büro rief an und ließ mich Wissen, dass der Absturz eines Learjet inmitten der Everglades gemeldet wurde. Der Verdacht liegt nahe, dass ein Zusammenhang mit der geflüchteten Limousine besteht. Das Flugzeug ist auf die Firma KDSF zugelassen.

Die Registrierung ist N-KDSF, da passt alles zusammen.

Wo genau die Absturzstelle liegt, ist nicht bekannt. Miami ATC (Air Traffic Control) hat vor circa 20 Minuten den Kontakt mit dem privaten Jet verloren. Man geht von einem Absturz aus.

Die Maschine vom Typ Learjet 45XR startete vom Naples Airport und hatte einen Flugplan für Cali Kolumbien aufgegeben.

Der Flugplan wurde mit einer Flugzeit von 3 Stunden 33 Minuten, und einer Flughöhe von 42000 Fuß (FL420) angegeben.

Der Flug wurde von ATC über Radar bis nach der Intersection „DEEDS" verfolgt, danach drehte das Flugzeug laut Flugplan nach Süd auf einen Kurs von 183 Grad. Dann verschwand es plötzlich vom Miami Radar.

Zum Zeitpunkt des Verschwindens hatte es eine Flughöhe von 12000 Fuß und wurde von ATC auf FL320 (32000 Fuß) freigegeben. Das Flugzeug befand sich im Steigflug auf die geforderte Höhe. Die Radar

Controller berichteten von einem plötzlichen Verlust an Flughöhe nachdem es eine Höhe von 18000 Fuß erreichte und bei 1000 Fuß war es vom Radar verschwunden, es konnte auch kein Funkkontakt mehr hergestellt werden.

Die Flugsicherung hat daraufhin, sofort die Rettungskräfte alarmiert.

Wir wurden fast gleichzeitig, von dem Verschwinden des Learjets benachrichtigt.

Ich wollte erst meine beiden Kollegen, Bert und Snake anrufen, ließ es aber sein, denn so dringend war die Nachricht auch nicht, dass es nicht bis morgen Früh warten konnte.

Ich informierte das Büro und ließ sie wissen, dass ich in der Frühe dem Naples Airport einen Besuch abstatten werde. Ich drehte mich um und schlief sofort wieder ein.

Am Morgen trafen wir drei uns am Naples Airport und fragten beim FBO (fixed base operator) des Airports nach, wer den Flug des Learjets mit der Kennung N-KDSF gestern Abend abgefertigt hatte.

Auch wollten wir wissen, wer für die Wartung des Flugzeuges verantwortlich war und ob das Flugzeug am Airport ansässig war.

Der FBO Manager bestätigte uns, dass der Jet hier am Naples Airport stationiert war, aber auch einen eigenen Hangar am Miami Opa Locka Executive Airport hatte.

Weiter hätte das Flugzeug einen Wartungsvertrag mit dem Naples Jet Center. Bei größeren Inspektionen und Wartungsereignissen besteht ein Vertrag mit dem Eagle Creek Aviation Service.

Wir bedankten uns, wollten aber gerne noch mit dem Line

Maintenance Service Mann sprechen, welcher den Flug abgefertigt hatte.

Der Manager gab uns den Namen, er hieß Alex van der Gard, er fertige gerade eine Maschine ab, dann würde er ins Office kommen und wir könnten ihn dann verhören.

„Das ist kein Verhör", sagte ich, *„Wir möchten nur Informationen über den Ablauf des gestrigen Fluges haben."*

„Okay, und ich dachte schon, Alex hätte etwas mit dem Absturz zu tun." „Wie kommen sie denn darauf", fragte ich.

„Nein, nein, er war gestern Abend sehr verstört und ist auch gleich nach Hause gefahren. Er sagte, es sei ihm nicht gut."

„Ach das ist interessant, hat er ihnen gesagt, ob ihm etwas aufgefallen ist?"

„Nein, das hat er nicht, aber sein Verhalten war sehr merkwürdig, das sind wir von

ihm nicht gewohnt. *Er ist immer fröhlich und zu allen möglichen Scherzen aufgelegt, aber nicht gestern Abend.*"

„Dann lassen sie uns bitte allein, wenn wir mit ihm reden."

Alex kam zur Tür herein und der Manager sagte zu ihm, da sind ein paar Herren, die dich gerne wegen des Learjets 45XR N-KDSF, welcher ja seit gestern Abend vermisst wird sprechen möchten, dann schloss er die Tür hinter sich und wir waren mit Alex allein.

Er wirkte sichtlich nervös und er wagte es nicht, uns direkt anzuschauen.

Ich stellte mich und meine beiden Kollegen vor, sagte zu ihm, *„Bitte schildern sie uns doch, was gestern Abend vorgefallen ist.*"

Alex sagte, *„Ein Mann sei, während er das Flugzeug für den Abflug vorbereitete zu ihm* gekommen und er habe zu ihm gesagt, dass der Co-Pilot das Flugbetriebshandbuch zu Hause vergessen hatte. Er hätte das Manuel zu Studienzwecken mit nach Hause genommen, aber vergessen mitzunehmen. Er bat mich, das Handbuch in die Seitentasche seines Co-Piloten Sitzes stecken. Er stellte sich mir als Peter vor und er sei der Bruder von Jeff dem Co-Piloten. Jeff wüsste Bescheid, er brauche das Manuel dringend zur Durchführung des Fluges.

Dann habe der Mann sich lachend von ihm verabschiedet und gesagt, ich solle seinen Bruder grüßen und ihm einen guten Flug wünschen."

„Ich habe das Flughandbuch in die Seitentasche des Co-Piloten Sitzes gesteckt, aber vergessen den Co-Piloten darauf anzusprechen."

Er bedauere die Missachtung der Vorschrift. Zu seiner Entschuldigung sagte er, „Es sei schon sehr spät gewesen und er hätte einen stressigen Tag gehabt, deshalb habe er das Vergessen.“

„Okay“, sagte ich zu ihm, „Nur noch eine Frage. Laut Flugplan waren 6 Personen an Bord, können sie das bestätigen?"

„Nein“ sagte er, „Das könne er nicht, denn nach dem Betanken habe er nur noch kurz mit der Crew gesprochen, er habe aber nicht in die Kabine geschaut und die Passagiere gezählt.

Er habe während des Betankens eine Limousine vorfahren sehen aber nicht wie viele Personen tatsächlich in das Flugzeug gestiegen sind, er sei ja mit Betanken beschäftigt gewesen.

Einige Minuten später sei dann noch ein „Follow-Me“ Fahrzeug des Airports mit den beiden Piloten vorgefahren. Sie hätten ihm die vorgeschriebenen

Zoll und Immigration Papiere gezeigt. Ja, er erinnere sich jetzt, es waren 6 Personen im Flugplan, die 2 Piloten und 4 Passagiere."

„Zwanzig Minuten nach dem Start, sei ihm das mit dem Handbuch wieder eingefallen und er habe versucht, das Flugzeug über Funk zu erreichen, er habe aber keinen Kontakt zu der Maschine bekommen. Danach sei er mit einem schlechten Gewissen nach Hause gefahren.

Erst heute Morgen habe er von seinem Manager erfahren, dass der Learjet über den Everglades vermisst wird."

„Okay", sagte ich zu Alex, „Das ist soweit alles für heute".

„Im Moment kann nicht eindeutig von einem Absturz gesprochen werden, man muss erst das Flugzeug finden. Von einer gewissen Mitschuld, wenn es dann wirklich abgestürzt *sein sollte, kann niemand sie befreien.*"

Ich kann mir vorstellen, dass die Absturzstelle nicht so einfach zu finden sein wird.

Wir ließen den jungen Mann alleine. Wir machten uns auf den Weg zum Naples Jet Center, um die technischen Unterlagen des Lear 45XR einzusehen, nur damit wir schon mal einen Überblick bekommen, dass bei dem Jet die vorgeschriebenen Checks eingehalten wurden.

An den Unterlagen war nichts auszusetzen, der Learjet 45XR war flugtauglich geschrieben, hatte alle erforderlichen Zertifikate.

Das NTSB (National Transportation Safety Board), wird sich sicherlich noch eingehender mit den Unterlagen beschäftigen. Das NTSB ist das zuständige Department, welches für Flugunfall Untersuchungen zuständig ist.

Wir fuhren erst mal zurück ins Büro, vielleicht hat man da schon neue Erkenntnisse.

Nein, hatte man noch nicht, es wird weiter fieberhaft nach dem Jet gesucht.

Mein Handy klingelte, es war Alex vom Naples Airport, er sagte, *„Er habe vergessen, zu erwähnen, dass die Limousine zu der gleichen Firma gehörte wie das Flugzeug, also der "Bruder" hatte einen Code für das Gate, ohne den Code für das Gate kommt niemand auf das Flugplatz Gelände."*

„Danke für die Information", sagte ich, *„Das ist sehr interessant und bringt uns einen Schritt weiter, sollte ihnen noch etwas einfallen, rufen sie mich an."*

Es sind jetzt schon 14 Stunden seit dem Verschwinden des Jets und immer noch keine Hinweise auf die Absturzstelle, das Flugzeug blieb wie vom Erdboden verschluckt.

Snake, sagte zu uns, *„Könnt ihr euch an den Absturz des ValuJet, ich glaube, es war 1996 erinnern.*

Eine DC-9 mit der Flug-Nummer 592 stürzte damals einige Minuten nach dem Start in Miami in die Everglades."

Bert und ich erinnerten uns auch an diesen tragischen Tag, *„Damals waren es glaube ich, 104 Passagiere und 5 Besatzungsmitglieder, welche ums Leben kamen."*

Es mussten, nach dem die Absturzstelle gefunden wurde, erhebliche Anstrengungen unternommen werden, das Flugzeug zu bergen. Das Flugzeug war unter 25 Fuß (circa 8 Meter) dickem Schlamm begraben. Es war extrem schwierig, an das Flugzeug heranzukommen, zum Teil wurden die Rettungsarbeiten durch

Alligator und Schlangen erschwert und diese mussten erst einmal aus dem Absturzbereich entfern werden.

Die Absturzstelle war nur mit Airboat und Hubschrauber zu erreichen.

Es dauerte eine Woche, um an das Hauptwrack zu kommen, der gesamte Bereich um das Wrack musste erst trockengelegt werden d. h. 10 Meter tief vom Schlamm befreit werden. Eine extrem schwierige Aufgabe.

„Nun, ich kann mir vorstellen, dass es nicht minder schwierig sein wird den Learjet 45XR zu finden. Denn der Jet ist nicht einmal ein Drittel so groß wie eine DC-9, somit ist es möglich, dass dieses Wrack total vom Schlamm verschluckt wurde."

Am Nachmittag informierte uns das NTSB, man hätte trotz intensiver Suche noch keinen Hinweis auf einen Absturz gefunden, keine Trümmerstücke, absolut nichts. Das NTSB habe einen Helikopter mit Spezial-Ausrüstung angefordert.

Der Hubschrauber aus Dallas ist schon unterwegs. Auf ihm ruhen die Hoffnungen, dass das Wrack gefunden wird.

Man gehe davon aus, dass es keine Überlebenden gibt, es grenze an ein Wunder, sollte jemand den Absturz überlebt haben.

Zwei Tage später erhielt ich die Nachricht, man habe das Wrack gefunden und liege, wie vermutet unter meterdickem Schlamm begraben. Wie bei dem ValuJet Absturz muss die gesamte Gegend um das Wrack trockengelegt werden, damit die Rettungsteams an das Wrack herankommen können.

Der Helikopter mit dem Spezial Radar hat das Wrack nur

durch Zufall entdeckt, die größten Teile wären die Triebwerke des Jets.

Die GPS Daten der Absturzstelle sind:
25°35'12.25"N
80°56'21.51"W

„Das klingt nicht gerade hoffnungsvoll", sagte ich zu meinen Partnern, *„Sollten wir uns zum Fundort begeben? Oder sollten wir warten bis man Personen gefunden und identifiziert hat."*

„Wir warten erst ab, bis wir Namen haben", meinte Bert und Snake nickte mit dem Kopf.

„Okay", sagte ich, *„Warten wir ab. Was können wir zwischenzeitlich tun?"*

Snake erinnerte uns, *„Wir wollten den unabhängigen Seminolen sowieso einen Besuch abstatten, jetzt sei die richtige Zeit und wir könnten auf dem Weg dorthin bei der Absturzstelle vorbeischauen, um uns ein Bild zu machen, ist nur so eine Idee."

Wir beschlossen noch mal die Firma KDSF aufsuchen und herausfinden, was es mit dem „Bruder" und mit dem Firmen Auto am Airport in Naples am Abend des Verschwindens von dem Firmen Jet auf sich hatte.

„Dann lass uns nach Miami fahren", sagte ich, „Die Seminolen können warten. Ich denke, die haben am wenigsten mit den Toten in den Everglades zu tun, obwohl sie allen Grund hätten, gegen den Bauplan der Firma KDSF etwas zu unternehmen."

Snake schwang sich hinters Steuer und schon ging es los und wir waren auf der Interstate-75 in Richtung Miami unterwegs.

Auf halbem Weg sahen wir jede Menge Hubschrauber und andere Flugzeuge südlich der I-75 am Himmel kreisen.

„Das markiert die Absturzstelle," sagte Bert, „Da ist ganz schön was los."

Es waren, an und abfliegende, Hubschrauber zu sehen, auch größere Transporthubschrauber, sie transportierten schwere Lasten, wie wir aus der Entfernung sehen konnten.

Wir näherten uns dem Hauptquartier der Firma KDSF und betraten das Foyer mit der Anmeldung.

Die hübsche Blondine fragte höflich, ob wir angemeldet wären und zu wem wir gerne möchten.

Ich legte meinen Ausweis vor ihr auf den Tisch und sagte, „Um ihre Frage zu beantworten, nein wir sind nicht angemeldet, trotzdem möchten wir jemanden aus dem Vorstand sprechen."

Die hübsche Blonde antwortete, „Das sei im Moment nicht möglich, da alle Herren außer Haus seien und sie wisse auch nicht, wann jemand wieder im Hause ist."

„Ach das ist interessant," sagte Snake, „Seit wann sind denn die Herren außer Haus?"

Die blond gelockte Rezeptionistin antwortete, „Seit drei Tagen habe sie keinen der Herren mehr gesehen, es muss etwas mit dem Verschwinden des Flugzeuges der Firma zu tun haben."

„So", sagte ich, „Wie kommen sie denn darauf?"

„Jeder der Herren war sehr aufgeregt, als sie von dem Verschwinden und möglichem Absturz erfahren hatten, nur Herr Petrovich machte einen gefassten Eindruck, es war ihm nicht anzusehen, wie hart ihn das traf. Er hatte sich sehr unter Kontrolle," sagte Sie. „Alle Angestellten seien von der Nachricht immer noch sehr betroffen."

Ich fragte Sie, *„Wer von den Herren war denn an Bord des Flugzeuges?"* Soviel Sie wisse, *„Waren Dr. Nigel Pastor und der Finanz Manager Paul McRian an Bord, die Herren hatten das einen Tag vorher erwähnt, dass sie für eine Woche nach Kolumbien fliegen."*

Ich gab der Blondine meine Business Karte und bat sie, mich sofort anzurufen, wenn jemand aus der Chefetage im Office sich meldet.

Sie versprach, es sofort zu tun, wenn einer der Herren das Office betritt.

Wir bedankten uns und verließen das Office.

Zurück auf der I-75, passierte es, eine schwarze dunkel verglaste Limousine rammte uns von hinten mit hoher Geschwindigkeit, versuchte uns von der Interstate in den parallel verlaufenden Seiten-Kanal zu drängen. Nur der

Aufmerksamkeit und Reaktion von Snake haben wir es zu verdanken, dass wir nicht dort landeten und noch am Leben sind. Wir hatten uns überschlagen und landeten auf dem Dach.

Ist jemand verletzt, fragte ich noch ein bisschen benommen, beide antworteten, wir sind in Ordnung.

„Was zum Teufel war das denn, da ist jemand stink Sauer, nach unserem Besuch in der Firma KDSF," sagte Snake, *„Ich habe zwar die Limousine herankommen sehen aber da war es schon zu spät, so schnell waren die unterwegs."* Wir riefen über Funk die Kollegen der State Trouper und berichteten von dem Mordversuch auf uns. Wir gaben eine Beschreibung der Limousine und hofften, dass die Kollegen das flüchtende Fahrzeug noch rechtzeitig stellen können.

Ich forderte einen Ersatzwagen an, der uns abholt und zum Miccosukee Indian Casino bringen soll. Ich sagte zu meinen beiden Kollegen, *„Lasst uns überprüfen, ob jemand von dem Miccosukee General Council vermisst wird. Speziell aus dem Building Department oder jemand aus dem Council selbst, ich habe da so einen Verdacht.“*

Das Ersatzauto traf 20 Minuten später ein, zusammen mit dem Abschleppwagen, der unser beschädigtes Fahrzeug huckepack nahm. Mittlerweile waren schon fünf Highway Patrol Cars bei uns eingetroffen, inklusive Krankenwagen.

Die wollten uns zur Untersuchung in ein Krankenhaus bringen, wir lehnten dankend ab und sagten, es sei keiner von uns verletzt, zumindest nicht so schwer, dass wir ins Krankenhaus müssten. Außer einer kleinen Platzwunde an meinem Kopf, welche sofort von den Sanitätern versorgt wurde.

Wir übernahmen das neue Auto und die Miami Kollegen baten uns, wir sollten, wenn irgend möglich ihr schönes neues Auto auch wieder in dem Zustand zurückgeben. Wir versprachen das zu tun, könnten aber nichts versprechen, da so viele böse Buben auf den Straßen unterwegs seien. Alle lachten, dann fuhren wir zum Miccosukee Casino.

Die Sekretärin hat erst gar nicht den Versuch unternommen, uns zu verschaukeln, sie hat uns wiedererkannt und gefragt, *„Wen wir sprechen möchten."*

„Wer immer von der oberen Etage im Hause ist," sagte ich. Sie verschwand darauf wieder durch die Glastür und kam kurz darauf mit Rob (Deer) Peterson an ihrem Rockzipfel zurück.

Rob begrüßte uns herzlich und fragte, wie er uns helfen

könne. „*Indem er uns sagt, ob ihm in den letzten Tagen etwas Ungewöhnliches aufgefallen sei, oder ob jemand vermisst wird*", antwortete ich.

Rob fragte: „*Woher wissen sie, dass unser Chairman Jack (Eagle) Osceola seit einigen Tagen nicht aufzufinden ist. Wir haben aber noch keine Vermisstenmeldung abgegeben, da Jack (Eagle) es oftmals vorzieht, einige Tage in der Wildnis zu verschwinden, um neue Kraft zu tanken, wie er immer sagt.*"

„War nur so eine Idee", sagte ich, „*Möglicherweise bestätigt sich meine Theorie.*"

„*Sind denn Jack (Eagle) Osceola und Will (Eagle) Osceola (der Tote aus den Everglades) miteinander verwandt*", fragte ich!

Rob antwortete darauf: „*Ja, die beiden sind Brüder.*"

Bei mir schrillten alle Alarmglöckchen auf einmal. Ich

sagte aber nichts, nur Snake und Bert schauten mich an, sie hatten auch gleich erkannt, dass da eventuell ein Zusammenhang mit den Everglades Toten besteht.

Zu Rob (Deer) sagte ich, *„Sobald Jack sich zurückmeldet, rufen sie uns bitte an"*, wir hinterließen unsere Rufnummern und fuhren zurück ins Office.

Im Office ließen wir uns über die Fortschritte der Unglücksstelle unterrichten. Das NTSB berichtet, es sei extrem schwierig an den Rumpf, oder was davon übergeblieben ist, heranzukommen. Die Suche werde auch dadurch erschwert, dass es immer wieder zu Attacken von Alligatoren und anderen Wildtieren, speziell Schlangen kommt.

Der Seminole Tribe hat 20 Indian Scouts zu der Unglücksstelle gesandt, um diese Attacken zu verhindern. Seither können die Rettungs-Crews sich auf ihre Arbeit konzentrieren und müssten nicht ständig ihre Umgebung nach Wildtieren Ausschau halten.

Etwa 150 kleinere Bruchstücke des Flugzeuges sowie einige persönliche Kleidungsstücke wurden bisher gefunden.

Das NTSB, vermutet, aufgrund der sehr kleinen Bruchstücke, dass es aller Wahrscheinlichkeit schon in der Luft auseinandergebrochen sein musste. Es konnten bisher noch keine Leichenteile gefunden werden, mit Überlebenden sei leider auch nicht mehr zu rechnen. Es wird eine Explosion an Bord des Flugzeuges vermutet, nur dadurch seien die weit verstreuten Trümmerteile zu erklären.

„Das wiederum würde die Begegnung am Naples Airport, wo Alex der Flugzeug-Mechaniker gebeten wurde, für den Co-

Piloten das vergessene Handbuch in die Co-Piloten Seitentasche seines Sitzes zu stecken erklären", dachte ich.

Ich veranlasste, dass dem NTSB sofort mitgeteilt wird, was wir am Airport in Naples am Abend des Verschwindens des Learjet 45XR ermittelt hatten. Damit in der richtigen Richtung gesucht wird, das wird bei den weiteren Ermittlungen weiterhelfen.

Es ist möglich, dass nicht wie Alex gesagt wurde, vergessene Flugunterlagen abgegeben wurden, sondern eine Bombe, getarnt als Flughandbuch.

Solche Bomben funktionieren mit einem druckabhängigen Zünder. Nach Erreichen einer voreingestellten Druck-Kabinen Höhe, wird der Zünder aktiviert. Bei der Größe eines Learjet braucht es keine große Sprengkraft, da die Kabine unter Druck steht, bei der 45XR sind das 9,5 PSI Differenz Druck, in maximaler Flughöhe von 51000 Fuß, da reicht schon eine kleine Bombe aus, ein Loch in den Rumpf zu sprengen. Das führt unweigerlich zum Absturz. Das Flugzeug zerlegt sich noch in der Luft und stürzt ab.

Am nächsten Morgen, ich war gerade fertig mit Rasieren, klingelte mein Handy, es war Rob (Deer) Peterson, er war ganz aufgeregt und sagte, in der Nacht sei im Büro eingebrochen worden. Das Büro von Chairman Jack (Eagle) Osceola wurde verwüstet und sein Schreibtisch aufgebrochen. Auch wurde versucht, den Tresor in seinem Office aufzubrechen, aber das missglückte offensichtlich. Der Tresor sei schwer beschädigt aber nicht geöffnet.

„Rob", sagte ich, „Wir sind schon auf dem Weg zu ihnen ins Büro, haben Sie schon das Miccosukee Police Departement informiert?"

Rob bestätigte das, die Police sei gerade eingetroffen.

„Okay, wir machen uns sofort auf den Weg." Ich rief meine beiden Kollegen an und schilderte, was Rob mir soeben mitgeteilt hat. Bert sagte, er sei schon auf dem Weg ins Büro und Snake würde direkt ins Miccosukee Casino fahren, da er noch zu Hause sei, er brauche nur fünf Minuten bis zum Casino.

Zu Bert sagte ich, „Wir nehmen den Helikopter, mit dem Auto dauert es zu lange, ich denke, wir sind in circa 40 Minuten vor Ort.

Ich forderte den Helikopter an und Bert und der Heli trafen fast gleichzeitig beim Fort Myers Field Office ein.

Schon waren wir in der Luft und entlang der I-75, in Richtung Miami.

Als wir landeten, standen Rob (Deer) Peterson und Snake schon auf dem Parkplatz und nahmen uns in Empfang. Wir fuhren mit dem privaten Aufzug ins Büro von Chairman Jack (Eagle) Osceola.

Die Kollegen von der Spurensicherung waren schon am Arbeiten und es war das gleiche Szenario wie an jedem Tatort, nichts Neues für uns, das kannten wir nur zu Gut.

Ich fragte Rob, ob er informiert sei, was sich in dem Tresor befindet. Er verneinte das, er wisse nicht was Jack darin verstaut.

„Sind sie damit Einverstanden, wenn wir versuchen, den Tresor öffnen zu lassen", fragte ich. Rob antwortete, *„Er möchte auch gerne wissen, was darin ist, denn so wie das aussieht, wurde*

hier gezielt nach irgendwas gesucht und möglicherweise ist es immer noch im Tresor." „Der gleichen Meinung sind wir auch, also lassen sie es uns versuchen."

Ich fragte das Forensik Team, ob sie einen Tresor Spezialisten im Team hätten, ja, hatten sie.

Dieser begann dann mit dem Versuch den Tresor zu öffnen, er meinte, es dauert mindesten 3-4 Stunden, denn dieser Tresor hat zwei unabhängige Öffnungsmechanismen. Er setzte sich mit dem Hersteller des Tresors in Verbindung und ließ sich die technischen Besonderheiten erklären.

Wir standen hier nur im Wege, also gingen wir in das Büro von Rob.

Rob wirkte verzweifelt, er meinte, „Jack (Eagle) Osceola hätte immer versucht, Vorgänge, welche das Miccosukee General

Council betreffen, selbst zu entscheiden. Dafür sei Jack schon etliche Male von den anderen Mitgliedern des General Council zur Rede gestellt worden.

Er hoffe, dass Jack nichts Gesetzwidriges in seinem Safe verbirgt."

Die Sekretärin versorgte uns mit einem üppigen Frühstück und wir ließen es uns munden.

Es war schon später Nachmittag, als der Safe Spezialist uns anrief und meldetet, der Tresor sei offen, wir sollten bitte ins Office kommen.

Na da sind wir aber gespannt, was sich darin verbirgt, möglicherweise, gar nichts, lassen wir uns überraschen.

Und wir waren überrascht, als wir, gemeinsam den Inhalt des Safes sortierten.

Außer den normalen Geschäftsunterlagen fanden wir

einen von Jack (Eagle) Osceola unterschriebenen Bauantrag zum Bau einer Stadt im Reservationsgebiet der Miccosukee. Weiter fanden wir eine Sonder-Genehmigung des Staates Florida, unterschrieben vom Leiter des Bauamtes Ray Hudson.

"Wow", sagte ich, *„Das ist heftig, mit diesen Papieren in den Händen der Firma KDSF, wäre dem Baubeginn der City so gut wie nichts mehr im Wege gestanden."*

Ich veranlasste sofort eine Fahndung nach dem stellvertretenden Vorsitzenden Sam Petrovich, der Firma KDSF.

Begründung: Verdacht auf Erpressung, Bestechung, Menschen Raub, versuchter Mord, Verdacht der Mitgliedschaft in einer kriminellen Vereinigung.

Ich denke, das reicht, den Herrn in Gewahrsam zu nehmen.

Wir erfuhren vom NTSB, dass die Arbeiten zügig vorankämen, man habe ein größeres Teil, womöglich einen Teil des Rumpfes lokalisiert.

Gefunden wurde bisher: Ausweise von den Piloten und einem Paul McRian, sowie ein Ausweis von einem Kolumbianischen Staats Angehörigen mit dem Namen Salvadore Rodrigues'.

Man sei im Moment dabei das gefundene Rumpfstück frei zu legen, in ein, zwei Stunden sollten wir mehr wissen.

Wir warteten auf die nächsten Nachrichten.

Bert meinte, *„Vielleicht sollten wir zur Absturzstelle fliegen und uns ein Bild von der Absturzstelle machen. Danach könnten wir den unabhängigen Seminolen einen Besuch abstatten.“*

Snake und ich waren damit einverstanden. Snake meinte, *„Dass würde sich anbieten, denn* von der Absturzstelle wären es noch circa 15 Kilometer bis zu einer Gruppe von unabhängigen Seminolen. Die Gruppe hätte nicht allzu weit von der Absturzstelle ein Lager aufgeschlagen, er habe das von seinem Clan erfahren."

„Okay", sagte ich, „Lass uns das machen."

Snake sagte, „Ich kümmere sich um die Ausrüstung, die dringend erforderlich ist, um zu dem Lager der Seminoles zu kommen."

Ich kümmerte mich darum, einen Heli zu bekommen, der uns zu der Fundstelle des Wracks bringt, auch fragte ich bei dem NTSB Team an, ob wir überhaupt willkommen sind.

Ich bekam von dem NTSB Team grünes Licht.

Wir beide, Bert und ich warteten auf Snake, der noch mit der Zusammenstellung der Ausrüstung beschäftigt war.

Eine Stunde später meldete er sich, sagte, *„Er habe alles zusammen und wir könnten jederzeit aufbrechen."*

Wir vereinbarten mit dem Heli Piloten, dass er uns am nächsten Morgen abholen solle.

In der Frühe trafen wir uns auf dem Parkplatz, wo uns der Helikopter abholen soll, Bert und ich waren erstaunt, als Snake auftauchte und seine Ausrüstung auslud. *„Um Himmelswillen, wofür brauchen wir denn das ganze Zeug"*, fragte ich.

„Ihr werdet noch froh sein um jedes Ausrüstungsstück!"

Wir hörten den Helikopter, der gleich darauf auf dem abgesicherten Parkplatz landete.

Den Piloten kannten wir schon, er hatte uns schon nach Miami zum Casino geflogen. Nach kurzer Begrüßung hoben wir ab, in Richtung Fundstelle des Learjets.

30 Minuten später erreichten wir die Fundstelle, dort war richtig was los. Bagger legten rund um die Fundstelle den Sumpf trocken und man sah jetzt ein circa 3 Meter langes Rumpfteil. Es war auf der rechten Seite aufgerissen, nur die linke Seite schien einigermaßen intakt zu sein.

Wir erklärten dem Heli Piloten, was wir weiterhin vorhatten und vereinbarten einen Treffpunkt. Snake erklärte ihm, wir würden 2-3 Tage brauchen, um zu dem Lager der Seminoles zu kommen. Auch vereinbarten wir einen Notruf-Code unserer HF Funkgeräte, falls etwas wider Erwarten schiefgehen sollte.

Ein kurzer Gruß und er war wieder in der Luft, Richtung Page Field (KFMY).

Der Leiter der Rettungstruppe stellte sich uns vor und er erklärte, was bisher gefunden wurde. Das war nicht sehr viel, aber einige Fundstücke wiesen deutlich Brandspuren auf. Die Bruchstücke waren auch deutlich, von innen nach außen gebogen d. h., die Innenseite war nach außen gewölbt und aufgerissen.

Der NSTB Fachmann erklärte uns, das sei ein Hinweis auf eine Explosion im Cockpit. Das Fundstück wurde einwandfrei als ein Bauteil der rechten Cockpitseite identifiziert. Damit sei die Absturzursache zu erklären. *„Das deckt sich mit der Aussage des Mechanikers am Airport in Naples, der unwissend eine Bombe ins Cockpit platziert hatte"*, bestätigte ich seine Annahme.

Ich fragte mich, warum das Flugzeug zum Absturz gebracht wurde, wer hatte einen Nutzen?

Der NTSB Boss war wieder zum freigelegten Rumpfstück unterwegs.

Wir drei diskutierten eine ganze Weile darüber, wo der Sinn für den Absturz liegt und warum sechs Menschen sterben mussten. Wir kamen auf keinen gemeinsamen Nenner.

„Möglich ist, wie bei vielen Kapital Verbrechen, die krankhafte Gier nach Geld und Macht", sagte ich. Bert und Snake teilten meine Meinung, sie machten mich darauf aufmerksam, dass die Fahndung nach Sam Petrovich richtig war. Leider aber bisher ohne Erfolg.

Bert und Snake waren der Ansicht, Sam Petrovich sei der Drahtzieher, er stecke hinter alledem. Was aber war das Motiv?

„Hoffentlich geht er den Fahndern bald ins Netz, damit wir ihm die passenden Fragen stellen können", meinte ich.

„Auch ich neige zu der gleichen Meinung, aber wir könnten uns auch täuschen und wir suchen in der verkehrten Richtung. Vielleicht verhält es sich ganz anders, warten wir ab."

Wir standen abseits in einiger Entfernung und beobachteten die Aktivitäten der NTSB Leute, welche dabei waren, Stück für Stück, Teile aus dem Schlamm zu buddeln. Sie gingen dabei sehr behutsam vor, nummerierten die Teile und versuchten, diese an Hand von Serial oder Teile Nummern zu identifizieren. Eine mühsame und schweißtreibende Arbeit, bemerkte Bert.

„Ja", sagte ich, „Mir kocht auch so langsam der Schweiß im Hinterteil, unglaublich diese Hitze. Wie halten die Jungs das bloß aus?"

Snake meldete sich zu Wort und meinte:

„Wir sollten uns, bevor es ganz dunkel wird auf den Weg machen, eines kann ich euch aber jetzt schon sagen, viel kühler wird es auch in der Nacht nicht."

„Na Bravo, das sind tolle Aussichten", sagte Bert, „Hast du denn eine Klima-Anlage für die Zelte mitgenommen? Bei der Menge der Ausrüstung, die du mit dir herumschleppst." Snake nahm das gelassen und lachte, „Die Ausrüstung werde ich nicht alleine schleppen, die wird schön unter uns dreien aufgeteilt."

„Ich habe es kommen sehen", sagte ich, „Worauf habe ich mich da eingelassen."

Snake, „Zu spät, ihr beide wart damit einverstanden, jetzt müsst ihr da durch", er grinste und amüsierte sich köstlich. „Wir brechen in 15 Minuten in Richtung Süden auf. Zieht euch bitte die langärmeligen Hemden *an, welche ich mitgebracht habe, auch solltet ihr euch jetzt mit dem Insekten Spray einsprühen, jede nicht bedeckte Stelle.*

Die heutige Etappe wird nicht sehr schwierig, die ist zum Eingewöhnen." Bert brummelte etwas in sich hinein, ließ es aber dabei bewenden.

Snake verteilte die Ausrüstung unter uns auf, ich bemerkte jedoch, dass er in seinem Rucksack wesentlich mehr als wir verstaut hatte.

Wir wollten gerade Aufbrechen und uns von den NTSB Leuten verabschieden, da kam der Leiter der Crew auf uns zugestürzt und rief wir sollten warten, sie hätten einen Fund gemacht, der uns sicherlich interessieren wird.

Der Leiter der NTSB Truppe wollte das wir ihm zum Rumpfstück folgen.

Dort haute es uns im wahrsten Sinne um. Wir standen mit

ungläubigen Gesichtern da und konnten nicht fassen, was wir sahen.

Was die Crew aus dem Schlamm befreite, war ein fast intakter Flugzeugsitz und an der rechten Armlehne war ein abgerissener Arm eines Menschen mit Handschellen an den Sitz gefesselt.

Es herrschte Stille und die Männer hörten auf zu arbeiten, jeder stand ungläubig vor dem Sitz und schüttelten die Köpfe, das hatten selbst die hart gesottenen NTSB Männer noch nicht gesehen.

Grausig und unfassbar, ein Mensch stirbt in Handschellen an einen Sitz gefesselt.

Ich fragte, *„Sind noch irgendwelche Gegenstände, welche eventuell Hinweise auf die Identität des Toten geben, gefunden worden.“*

„Ja“, sagte ein Mann, er hielt ein Stück eines Ausweises

in seinen Händen und er zeigte es mir. Ich konnte Bruchstücke eines Namens lesen, ..y…. Unlesbar Chair... unleserlich Florida .uild… Com……..

„Das muss sofort zu den Forensik Leuten", sagte ich. *„Das ist schon veranlasst"*, sagte der Chef der Crew. *„Sie sind schon auf dem Weg dorthin."*

Meine beiden Kollegen standen immer noch wie benommen da und sagten kein Wort.

Snake erholte sich als erster, *„Da wurde jemand gegen seinen Willen entführt und am Flugzeugsitz gefesselt. Warum eine Entführung?"*

Wer war der Mann oder die Frau? Nach unserem Wissen waren sechs Menschen an Bord, jetzt hatten wir es mit sieben zu tun, denn der oder die Tote war nicht in den Flugpapieren vermerkt.

„Bis zur eindeutigen Identifizierung wird es 3-4

Tage dauern", sagte der NTSB Chef.

Snake meinte, *"Dann sollten wir jetzt aufbrechen, damit wir unser Tagesziel noch vor der Dunkelheit erreichen und unsere Zelte aufbauen können. Wir können hier eh nichts tun und stehen den Leuten nur im Wege herum."*

Wir schulterten unsere Rucksäcke und marschierten nach Süden, Snake meinte, *"Wir haben noch etwas mehr als drei Stunden bis Sonnenuntergang, das sollten wir schaffen bis zum Hardwood Hammock"*, welchen er für die Übernachtung ausgewählt hatte.

(Hardwood Hammocks sind verhältnismäßig trockene Erhebungen und dicht bewaldete Inseln im Sumpf, ein tropischer, schattiger Wald. Manche der Wälder sind sehr

klein und andere können Quadrat Kilometer groß sein).

„Okay, die Entfernung für heute beträgt 4 Kilometer, die Kompass Richtung ist 199 Grad, das müssten wir schaffen", sagte Snake. „Wenn ihr nicht schon vorher schlappmacht."

„Ein geübter Wanderer, legt annähernd 5 km/Std zurück, wir schaffen 1,2 km/Std in diesem schwierigen Gelände. Dann kommt noch erschwerend die Hitze hinzu und allerlei Unvorhergesehenes."

„Du machst uns richtig Mut", sagte ich. Bert murrte wieder etwas vor sich hin, was keiner verstand. Das war auch besser so.

Die Strapaze beginnt!
„Sprüht euch sorgfältig mit dem Moskito Spray ein, vergesst nicht eine Stelle! Gesicht,

Nacken,   Hände,   auch   die Finger."

Wir waren noch nicht einen Kilometer entfernt, da mussten wir, *die Stadt-Menschen,* die erste Rast einlegen, wir schwitzten aus allen Poren. Snake war nichts anzusehen. Er wartete geduldig, bis wir wieder zu Kräften kamen, dann drängte er uns aber auch schon wieder und sagte: *„Auf geht's meine Herren, wir haben noch drei Kilometer vor uns."*

Wir gingen durch unwegsames Gelände, eingesäumt von Gras und Büschen, dann wieder Bäume, auf denen jede Menge Vögel sich niedergelassen hatten.

Zum ersten Mal hörten wir bewusst die Stimmen der Everglades, ein ganz besonderes Hörspiel, und Snake versuchte uns die einzelnen Stimmen der Vögel, Reptilien und auch das Gezirpe von Insekten zu erklären. Für ihn waren das

Stimmen die er, seit seiner Jugend kannte, für uns war es ein Stimmen Wirrwarr, und die waren nicht gerade leise.

Bis hierher waren wir trockenen Fußes gekommen, aber jetzt bekamen wir nasse Füße. Das war unangenehm und wir mussten uns erst daran gewöhnen. Hier mussten Bert und ich, Snake loben, weil er darauf bestanden hatte die Wasser undurchlässigen Goretex Schuhe anzuziehen. Trotzdem hatten wir feuchte Füße.

Snake lief immer vor uns her und drehte sich immer wieder um, als wolle er keines seiner Küken verlieren.

Nach einer weiteren Stunde mussten wir noch eine Pause einlegen, Snake fragte, *„Ob es uns soweit gut gehe, und wir sollten genügend trinken. Durch die ungewohnte Anstrengung und die Hitze würden wir extrem viel Flüssigkeit und Mineralen verlieren."* Er drehte sich zu mir um, und ich bekam sofort eine gehörige Rüge von ihm verpasst, ich hatte meinen Hut abgesetzt. *„Lasst bitte eure Hüte immer auf dem Kopf und wenn er noch so lästig erscheint, die Moskitos warten nur darauf."*

Wir waren jetzt auf der letzten Etappe des heutigen Tages und es waren noch 1,5 Kilometer bis zum Ziel. Wir konnten den Hardwood Hammock schon sehen, auch der Bewuchs um uns herum wurde immer dichter und undurchdringlicher. Es war ein mühsames Vorankommen auf den letzten 200 Metern. Dann hatten wir es geschafft, gerade rechtzeitig, denn die Sonne verabschiedete sich und zauberte einen glutroten Sonnenuntergang am Horizont im Westen. Das war grandios, vollzog sich rasch und dann war der rote Feuerball zwischen den Hardwood Bäumen verschwunden.

Jetzt mussten wir schnell unsere Zelte aufbauen, dann war es dunkel.

Snake sagte zu uns, „Ihr bleibt hier und seid wachsam, ich sammle trockenes Holz für die Nacht. Das sollte nicht so lange Dauern und ich bleibe in Rufweite, Okay."

„Okay, wir halten hier die Stellung."

Die Zelte waren aufgebaut, ich bemerkte, dass Bert seine Luger in der Hand hielt, er sagte, „Hast du das gehört?" Was fragte ich, „Na ja da war so ein Geräusch, als wenn jemand hustet." „Nein habe ich nicht, ich höre tausend Geräusche, da war aber kein Husten dabei."

Snake kam aus dem Dunkel und er meinte zu Bert, „Du hast recht, du hast ein Geräusch gehört was wie Husten klang, aber das war nur ein Alligator. Ich habe ihm gesagt, er solle von hier verschwinden, erst

wollte er nicht auf mich hören,
dann war er einverstanden und
hat sich für die Nacht
verabschiedet. "

Er entzündete ein Feuer und
wir hockten uns darum herum und
verspeisten unser mitgebrachtes
Dosen Menü.

„Soll ich euch noch ein paar
Lagerfeuer Geschichten
erzählen, bevor ich euch in den
Schlaf singe? "

„Oh ja, bitte lieber Snake,
das wäre toll", riefen wir
beide.

Und er begann zu erzählen:
„Es ist die Geschichte
von dem kleinen Frosch
>Wie erzählt von Betty Mae
Jumper<,

meine Großmutter hat sie mir
weitererzählt, als ich noch ein
kleines Kind war. Wo wir
lebten, waren die Geräusche in
den Wäldern sehr wichtig für
uns. Wir fragten immer: ‚Was
ist das für ein Geräusch? "

Viele Male wurde mit einer Geschichte wie dieser beantwortet.

„Der kleine grüne Frosch saß am Rand der Seerosen. Ein großer alter Hase kam heran gehüpft, kam auf den Frosch zu und sagte: „Hallo! Warum schläfst du? Es ist zu schön, um zu schlafen. Wach auf! Wach auf!" „Ich habe im Moment nichts tun', sagte der gereizte kleine Frosch." Aber der alte Hase hörte nicht auf ihn zu belästigen, bis der kleine Frosch richtig sauer wurde und sagte zu ihm: „Ich werde dich was lehren."

So fing der kleine Frosch an, sein lustiges kleines Lied zu singen, das macht er immer um den Regen zu rufen. Innerhalb weniger Minuten kam eine schwarze Wolke und der Wind begann zu wehen. Dann kam der Regen und durchnässte den alten Hasen so sehr, dass ihm kalt *wurde und er nach Hause rannte."*

„Wann immer du hörst, dass die Frösche singen, dann solltest du besser in der Nähe von Schutzräumen sein, denn sie warnen dich, dass bald Regen kommen wird."

„Eine schöne Geschichte", sagte ich, *„Aber stelle jetzt bitte das Radio aus, bei diesem Geplärre kann ich unmöglich schlafen."*

Snake sagte: *„Das ist erst der Anfang, warte, bis es richtig Nacht wird."*

Und es wurde wirklich noch schlimmer, Laute waren zu hören, die hatte ich in meinem ganzen Leben noch nie zuvor gehört. Das Konzert nannte sich:

„Eine Nacht in den Everglades, gesungen und

musiziert von den hier lebenden Anwohnern. "

Snake meinte zu uns, „*Wir sollten uns jetzt in unsere Zelte zurückziehen und schlafen, er hält die erste Wache. Nach 3 Stunden wecke er mich für die zweite Wache, dann wäre Bert an der Reihe, bis die Sonne aufgeht.* "

Ich zog mich in mein Zelt zurück und es dauert auch nicht lange, da war ich eingeschlafen.

Snake weckte mich, denn ich war an der Reihe für die nächste Wache.

Ziemlich schlaftrunken setzte ich mich ans Feuer und lauschte in die Nacht. Es ist unglaublich wie viele Stimmen und Laute in der Nacht zu hören sind. Nach einiger Zeit gewöhnt man sich aber daran.

Nach zwei Stunden am Feuer und auf jedes fremde Geräusch hörend, steckte ich meine Walther PPK wieder zurück in meinen Holster, ich hatte die ganzen zwei Stunden die Waffe nicht aus der Hand gelegt.

Jetzt war es Zeit für die Wachablösung und ich weckte Bert.

Wie immer brummelte er etwas vor sich hin, es hörte sich so an wie, *„Gerade jetzt wo ich eingeschlafen bin, musst du mich wecken."*

Er hocke sich ans Feuer und ich sah, dass auch er seine Automatik aus seinem Holster zog.

Ich wachte auf, weil mir der Geruch von frischem Kaffee in die Nase zog. Bert und Snake hatten ein Frühstück zubereitet, es gab Kaffee, Speck und Rührei. Ich fragte Snake, *„Wo hast du denn die Eier her?"*

„Das sind keine frischen Eier, das sind Publix Eggstiers aus dem Plastik Becher."

Nach dem Frühstück packten wir unsere Zelte und auch den Müll zusammen, den Müll nahmen wir wieder mit, um ihn zu entsorgen, wenn wir wieder in der Zivilisation sind. Gleich darauf waren wir schon wieder unterwegs. Snake wie immer vorne weg, er hatte einen Kurs von 235 Grad auf seinem Kompass eingeschlagen und er sagte: *„Wir haben heute 10 Kilometer vor uns bis zum Camp Lonesome, wo die Seminoles ihr Camp aufgeschlagen haben.*

Ich hoffe, ihr habt nicht vergessen, euch einzusprühen, ich will keine Klagen hören, wie, ich bin total zerstochen von den Moskitos."

„Ja, Häuptling Snake, wir haben uns eingesprüht."

Wo wir gestern noch bis zu den Knöcheln im Wasser wateten, liefen wir seit einer Stunde knietief im Wasser, das war extrem kräftezehrend und wir kamen nur sehr langsam voran.

Immer wieder stoppte unser Wanderführer und beobachtete die Alligatoren im seichten Wasser, es schien, als würde er mit den Biestern kommunizieren, bevor er weiterlief.

Ich muss eingestehen, dass wir beide, Bert und ich, hier draußen verloren wären. Wir Stadtmenschen sind nicht in der Lage auch nur einen Tag alleine in den Everglades zu überleben, zu groß sind die Gefahren, die überall lauern.

Wir haben die verschiedensten Schlangen gesehen, extrem giftige und auch riesige, wie zum Beispiel Pythons. *Pythons sind keine Schlangen die hier natürlich vorkommen, sie wurden von Menschen ausgesetzt, welche die Tiere als Haustiere gehalten haben und die ihnen dann zu groß wurden.* Keiner von uns beiden hätte sie bemerkt, geschweige denn gesehen, wenn uns Snake nicht auf sie aufmerksam gemacht hätte.

Als wir durch einen kleinen Hammock gingen, blieb Snake wie angewurzelt stehen, sagte keinen Ton und er deutete auf einen Baum in ungefähr zehn Meter Entfernung, und dann sahen wir ihn auch! Es war ein Florida Panther, der in einer Astgabel einer Zypresse seinen Ausguck bezogen hatte.

Er war schwierig zu sehen und ich bin sicher, wir hätten ihn nicht einmal bemerkt. Snakes wachsamen Augen und sein angeborener Instinkt haben den Panther sofort bemerkt.

Er sagte, nachdem wir ganz langsam weiterliefen, zu uns: *„Ihr gehört jetzt zu den ganz wenigen Menschen die einen Panther in freier Wildnis gesehen haben, das ist ein extrem seltenes Ereignis."*

„Es leben, nur 20 Exemplare im Everglades National Park, wo wir uns gerade befinden."

Wir durchquerten den Hammock und wateten wieder durch das Wasser, aber jetzt waren wir bis zur Hüfte darin und wir mussten unsere Rucksäcke über unseren Köpfen tragen. Wir stapften durch ein Gebiet von Zypressen und Hartholz Bäumen.

Es war, als würden wir uns in einer anderen Welt bewegen, wir sahen wilde Orchideen in den Bäumen, unglaublich viele Wasservögel, wie Kormorane, Anhingas, Ibis, snowy Egrets, Bald Eagles, Osprey, Tricolored Herons und noch viele andere Arten, Snake kannte sie alle beim Namen.

Wir hatten den zweiten Tag Frei Licht Unterricht und lernten von einem Indianer wie man in den Everglades überlebt.

„Noch eine Stunde", sagte er, „Und wir haben es geschafft, dann sind wir am Camp Lonesome, ich bin stolz auf Euch!"

Nach weiteren 20 Minuten blieb er wieder stehen und sagte, *„Wir haben Besuch, ich kann sie spüren."* *„Wen kannst Du spüren"*, fragte ich. *„Meine Verwandtschaft,"* sagte er, *„Sie sind ganz in der Nähe und beobachten uns."*

Dann rief er etwas in seiner Sprache und ihm wurde sofort geantwortet.

„Das ist nicht zu glauben, ich habe keinen Menschen gesehen, noch gehört, unglaublich", sagte ich.

Jetzt kamen drei Mitglieder des Clans aus ihren Verstecken und näherten sich uns langsam.

Sie begrüßten Snake als Erstes, dann uns. Wir beide, Bert und ich verstanden kein Wort. Der ältere von den dreien führte die Konversation mit Snake, er übersetzte uns, was gesprochen wurde.

Sie wollten wissen, ob wir die FBI Leute wären und ob er uns vertrauen könne. Snake antwortete, *„Er würde für uns die Hand ins Feuer legen"*, das schien ihm zu genügen. Er ließ uns aber wissen, dass er keinerlei Vertrauen in Beamte der Regierung habe, bei uns mache er eine Ausnahme.

Snake, sagte zu uns beiden, *„Da könnt ihr euch aber was darauf Einbilden."*

Der Bann war gebrochen, der Häuptling des Tribes führte jetzt die Truppe an. Ich sagte leise zu Bert, *„Dem möchte ich ungern alleine in den Everglades begegnen."* Snake, er hatte auch das gehört, sagte zu uns, *„Er sieht zwar furchterregend aus, aber er sei ein von allen respektierter Häuptling."*

Gegen Abend saßen wir, Häuptling Sam (Jumper) Obiaka und einige Mitglieder seines Clans in einer Runde in seinem „chickee" zusammen. Wir aßen mit ihnen zusammen Rehbraten mit Wildreis und Pilzen.

[1] *(Haustyp der Seminolen mit Palmstroh bedeckt und die Seitenwände offen. Auf einer Plattform im Inneren aßen, arbeiteten und schliefen die Bewohner).*

Unser „Palaver", dauerte bis weit nach Sonnenuntergang, es wurde alles Mögliche diskutiert und auch meine gestellten Fragen wurden von Sam (Jumper) beantwortet.

Der Häuptling wusste von dem Vorhaben, eine Stadt im Reservat zu bauen, er erklärte uns, das würde nie passieren, denn das würde er als eine Kriegserklärung sehen und was

---

[1] Wikipedia

das bedeutet…, er schwieg eine ganze Weile, dann sprach er weiter.

„Wahrscheinlich wäre es das Ende der Seminole Tribes, aber sie hätten, in diesem Fall keine andere Wahl, er sei sicher, dass alle Tribes seinem Ruf folgen würden."

Danach brach Sam (Jumper) das Palaver ab.

Wir waren für die Nacht in einem Gast „Chickee" untergebracht und ich diskutierte mit meinen beiden Begleitern noch eine ganze Zeit. Wir kamen zu dem Ergebnis, dass die unabhängigen Seminoles, absolut nichts mit den Toten in den Everglades zu tun hatten.

Ich meinte zu meinen Kollegen, dass ich den Standpunkt des Häuptlings Sam (Jumper) absolut verstehe und das Recht ist auf seiner Seite, also auch ich.

Snake bemerkte noch, dem Treiben der Firma KDSF muss Einhalt geboten werden, bevor noch weiteres Unheil angerichtet wird.

„Okay, lasst uns morgen Früh den Helikopter rufen, damit er uns abholt." Dann schliefen wir ein.

Der Helikopter landete und es war ein riesen Auflauf, die Kinder hüpften vor Freude um den Heli herum, ich vermute, einen Hubschrauber hatten sie noch nie gesehen.

Häuptling Sam (Jumper) verjagte die Kinder, verabschiedete sich und wir stiegen in den Heli, wir hoben ab und waren schon in Richtung Fort Myers Page Field unterwegs.

Der Pilot konnte es sich nicht verkneifen, zu sagen: *„Mein Gott wie haben die euch zugerichtet, total zerstochen, rot wie Lobster und riechen tut* *ihr auch, lasst bitte die Fenster einen Spalt offen.*"

Darüber konnten wir überhaupt nicht lachen, „*Flieg ein bisschen schneller, damit wir unter die Dusche kommen.*"

Zu Hause angekommen, schaute ich in den Spiegel und stellte fest, Kollege Pilot hat recht. Sonnenbrand auf der Nase, die Moskitos haben auch ihre Spuren hinterlassen und die Klamotten stinken nach Sumpf, nichts wie unter die Dusche.

Nach der Grundreinigung fühlte ich mich wie neu geboren und voller Tatendrang, also rief ich im Office an und wollte den neuesten Stand wissen.

Mir wurde mitgeteilt, keine Erfolge bei der Fahndung, bisher, aber es gäbe Hinweise über den Aufenthalt von Peter House (zuständig für Public Relations der Firma KDSF).

Sobald sich etwas tut, würde ich sofort benachrichtigt.

Ich traf mich mit Bert und Snake zum Lunch bei „Grimaldi's" Pizzeria in Fort Myers in den Bell Tower Shops. Wir besprachen gerade das weitere Vorgehen, da überschlugen sich die Ereignisse.

Das Office ließ mich wissen, dass der gesuchte Peter House vor wenigen Minuten verhaftet wurde, wir sollten ins Fort Myers Police Department kommen, wenn wir bei der Vernehmung anwesend sein wollten. Natürlich wollten wir.

Wir waren sowieso gerade mit unseren Pizzen fertig und waren am Zahlen.

Auf dem Weg zum Police Department bekamen wir den zweiten Anruf, es war das Forensik Team, welches uns mitteilte, dass die Person (Arm an Sitz gefesselt) identifiziert sei. Sein Name ist Ray Hudson. Er ist der Chairman der Florida Building Commission.

„Man" sagte ich, „*Das ist ein Ding, den hat man entführt, aber was bezweckten die damit? Okay, damit befassen wir uns später, erst knöpfen wir uns den* „*Public Relation Mann* der Firma KDSF vor."

Wir beobachteten zuerst das Verhör der Fort Myers Kollegen, hinter einer verspiegelten Glasscheibe, wir konnten von der Innenseite nicht gesehen werden. Die Kollegen befragten ihn zuerst zu seiner Person, danach zu seiner Position innerhalb der Firma KDSF. Über die gestellten Fragen gab er bereitwillig Auskunft aber auf die Fragen, bezüglich der Toten in den Everglades, stellte er sich dumm, aber man konnte ihm die Nervosität ansehen.

Ab diesen Zeitpunkt lösten wir die Kollegen vom Police

Department ab und wir übernahmen das Verhör.

Wir ließen nicht locker und wir sagten zu ihm, wir hätten Beweise, dass Jemand in der Firma seine Finger im Spiel hatte.

Weiter hätten wir schon ein Geständnis von Dr. Han Sussy, bezüglich der Bombe, die zum Absturz des Firmen LearJet führte, er solle also aufhören zu Lügen, und da tappte er mir in die Falle, er schrie mich an und sagte, *„Das ist alles gelogen, denn Han Sussy wurde von Sam Petrovich ermordet, der kann also gar nichts gesagt haben." „Ach was",* sagte ich.

„Das ist ja interessant" und da bemerkte er seinen Fehler und brach in sich zusammen.

Von jetzt an beantwortete er alles, was wir wissen wollten.

„Sam Petrovich stecke hinter allem, Petrovich habe auch ihm gedroht, ihn umzubringen, wenn er nicht mit ihm

zusammenarbeiten würde. Er hat mir 3 Millionen Dollar versprochen, sobald alles gelaufen sei.

Er habe zugeschaut als Petrovich Dr. Han Sussy erschossen hat, weil der sich weigerte weiter mitzumachen.

Er hätte schreckliche Angst gehabt und habe der Mitarbeit zugestimmt. Versteht das bitte", flehte er uns an. „Petrovich sei extrem gefährlich und zu allem bereit", sagte er.

„Ich habe nichts verbrochen und habe aus Angst geschwiegen. Petrovich habe den Absturz inszeniert, weil Dr. Nigel Pastor erkannte, dass es niemals zum Bau kommen würde, da schon zu viele wachgerüttelt seien. Er wollte sich nach Kolumbien absetzen, und die Firma auflösen.

Sam Petrovich war damit auch einverstanden und er hat Nigel

Pastor versprochen, dass er ihm nachfolgen wollte, aber erst müsste er die Konten der Firma und das Bargeld aus den Drogen Geschäften sichern. Er würde die Konten von den Karibik Banken, nach Kolumbien auf Nigel Pastors Konto transferieren.

Dr. Nigel Pastor hätte die zuständigen Ressortleiter, welche für die Drogen in Florida zuständig sind, zusammen mit dem Chairman der Seminol Tribes, Jack Osceola und dem Chairman der Florida Building Commission, den Namen habe er vergessen, in seine Villa in Naples eingeladen. Er wollte alle Involvierten von dem Abbruch des Bauvorhabens informieren.

Es muss etwas in der Villa geschehen sein, denn der Flug nach Kolumbien war erst für den nächsten Tag geplant.

Was in der Villa passiert sei, wisse er nicht, er habe

sich sofort nach Louisiana abgesetzt, nachdem ihn Sam Petrovich über die überstürzte Abreise von Nigel Pastor, aus dessen Villa informiert hatte."

Der Mann redete wie ein Buch, wir brauchten keine Fragen zu stellen, er lieferte uns alles, was wir bisher nur vermuteten.

Snake fragte ihn, *„Ob er wüsste, was in den Everglades passiert sei."*

„Genaues wüsste er nicht, aber er habe mitbekommen, dass Petrovich die beiden getarnten Berufskiller, Stan McPride und Chris Apples in die Everglades schickte um den Bruder von Chairman Jack (Eagle) Osceola zu töten, ich glaube er hieß Will, er war ein Airboat Captain aus Everglades City. Er sollte ermordet werden, um Jack unter Druck zu setzen, seine Unterschrift unter den Bauantrag zu setzen, was Jack

auch tat, nachdem er vom Tod seines Bruders erfahren hatte.

Vom Tod der beiden Killer habe er erst durch die Presse erfahren."

Ich fragte noch, „Was es mit dem Chairman of the Florida Building Commission auf sich habe." Peter House hatte auch dazu eine Antwort. „Der Chairman, ich glaube, er heißt Ray Hudson, wurde mit einigen Millionen Dollar bestochen und danach von Petrovich erpresst, damit er die Unterschrift für die Baugenehmigung gibt.

Petrovich war fuchsteufelswild, weil Jack (Eagle) Osceola die unterschriebenen Unterlagen in seinen Tresor eingeschlossen hatte und nicht wie abgemacht, Petrovich übergeben hatte."

Langsam bekamen wir ein Bild von den Vorgängen und Machenschaften der Firma KDSF und Sam Petrovich.

„Ist ihnen der Verbleib von Dr. Ali Hussuf bekannt?" Fragte ich. „Ali hat sich, glaube ich nach Syrien abgesetzt, ich habe nichts mehr von ihm gehört, seitdem."

Als Letztes wollte ich noch von ihm wissen, wo sich Sam Petrovich derzeit aufhalte. „Das sei ihm nicht bekannt, er vermutet aber, dass er sich bei russischen Freunden versteckt, wo genau, wisse er nicht."

„Okay", sagte ich, „Sie sind verhaftet, wegen Mitgliedschaft einer kriminellen Vereinigung und sie haben sich wegen Mitwisserschaft am Mord in mindestens zwei Fällen zu verantworten".

Ich rief die Kollegen der Fort Myers Police, welche hinter dem Spiegel standen und eh alles mitgehört hatten, damit sie den Verhafteten abführen.

Snake sagte danach zu mir: „Du bist ein ganz gerissener Hund, den armen Kerl so aufs Glatteis zu locken, ich hätte nicht gedacht, dass er darauf hereinfällt, er ist voll in deine Falle getappt, Bravo."

Wir informierten unser Office und berichteten von dem Verhör und fragten nach dem derzeitigen Stand der Fahndung nach Sam Petrovich. Die Kollegen im Hauptquartier sagten, sie hätten noch keine Spur, dann habe ich eine, sagte ich:

„Möglich, dass er sich bei russischen Freunden versteckt, überprüft alle mit russischem Hintergrund in Florida. Das FBI soll die Suche auch auf die Südstaaten ausweiten."

Wir drei waren voll zufrieden mit dem heute Erreichten und wir fuhren nach Hause.

Ich mixte mir einen Drink und lehnte mich in meinen Lieblings Sessel zurück. Ich ließ die gewonnenen Erkenntnisse noch einmal Revue passieren und machte mir ein Bild, was auf dem Airboat passiert sein musste!

Die beiden Killer, Stan und Chris, getarnt als Geo-Wissenschaftler und Stadtplaner, haben den Airboat Captain mit einem Vorwand dazu gebracht das Boat anzuhalten. Das Boot stoppte und Will (Eagle) verließ seinen Steuersitz und kam nach vorne, wo die beiden auf irgendetwas zeigten, Will wurde von den beiden überwältigt und einer von den zweien spritzte ihm das Schlangengift in seinen linken Arm. Es kam zu einem Kampf, Will konnte sich befreien und er schaffte es wieder in seinen Steuersitz und gab Gas, das Boot beschleunigte und durch wilde Schlinger Bewegungen versuchte er, die beiden von dem Boot zu werfen. Dabei musste das Airboat wohl umgestürzt sein, sie wurden alle in hohem Bogen vom Boot geschleudert, dabei hat sich Will (Eagle) Osceola eine Platzwunde am Hinterkopf zugezogen.

Die Gangster flüchteten in Richtung Süd und Will verfolgte sie eine ganze Weile, bis er wohl die Wirkung des Giftes spürte, da drehte er um und lief wieder zurück zum Boot.

Er schaffte es aber nicht mehr und starb kurz vor Erreichen des Bootes.

Die beiden Gangster müssen sich bei der Flucht so verausgabt haben, dass sie völlig am Ende ihrer Kräfte waren, die Moskitos und die Sonne haben da kräftig mitgeholfen. Vermutlich waren sie so entkräftet, dass sie sich nicht mehr von den Schlingpflanzen befreien konnten, in die sie sich verheddert hatten.

Das haben Bert und ich am eigenen Leib erfahren, wie herausfordernd und beschwerlich es ist sich in den Sümpfen zu bewegen, wenn jemand da noch versucht schnell zu sein, sind seine Kraftreserven im Nu aufgebraucht.

Die beiden Killer haben es gerade mal geschafft, eine Strecke von einem Kilometer bei ihrer Flucht zurückzulegen.

Ich denke so oder ähnlich hat es sich zugetragen, vielleicht ganz anders, es wird möglicherweise nie ganz aufgeklärt werden.

Meine Gedanken, schrieb ich auf ein Blatt Papier, damit ich es nicht vergesse. Ich wollte das, in meinem täglichen Report unbedingt erwähnen.

Bert und ich trafen uns am nächsten Morgen im Office, es herrschte eine angespannte

Atmosphäre. Die Mitarbeiter saßen an ihren Computern und auf den übergroßen Bildschirmen wurden ständig Informationen von verschiedenen Überwachungskameras angezeigt. Unser Boss stand mittendrin und koordinierte das hektische Treiben, er bemerkte uns, kam auf uns zu und meinte, er habe gerade die Information eines unserer Agenten bekommen. *„Macht euch auf den Weg und überprüft das."* Er reichte uns einen Zettel mit den Daten des zu überprüfenden Objekts.

Der Agent hatte beobachtet, dass auf diesem Grundstück etwas vorgeht, es würde ein Schnellboot beladen und es schien ihm, als ob Proviant und andere Sachen in größerem Ausmaß an Bord gebracht würden, einige der Männer trügen Waffen, er könnte das aber nicht eindeutig ausmachen, da die Entfernung zu groß sei, selbst durch das Fernglas. Der

Agent meinte, er wäre sich fast sicher, die umgehängten Gegenstände der Männer als Maschinenpistolen zu identifizieren.

Das reichte unserem Boss, um uns drei zu der beschriebenen Adresse zu hetzten. Wir warteten bis Snake im Office auftauchte. Nachdem er erschienen war, informierten wir ihn von dem Bericht des Agenten.

Wir erweiterten unser Waffenarsenal mit Schnellfeuer-Gewehren mit Nachtsicht und Infrarot-Ferngläsern. Ich packte auch meine Drohne ein, man kann nie wissen, wofür die vielleicht gebraucht wird. Die Drohne liefert immer einen guten Überblick aus der Vogelperspektive.

Die Adresse des Objekts liegt auf North Captiva und ist nur mit dem Boot oder einem Flugzeug zu erreichen, das erschwert natürlich das Ganze, wir müssen erst nach Fort Myers Beach zur Coast Guard Station damit die Jungs uns mit ihrem Schnellboot nach North Captiva bringen, unser Office hat das schon arrangiert.

Als wir dort ankamen, stand die Besatzung schon bereit und das Boot war fertig zum Auslaufen.

Das Schnellboot und seine Besatzung waren bis an die Zähne bewaffnet. Der Kapitän stellte sich und seine Besatzung vor und schon ging es los.

Wir besprachen mit dem Kapitän unser Vorhaben und sagten, er solle uns an einer Stelle absetzen, die nicht allzu weit von der angegebenen Adresse weg ist. Ich wollte mir erst einmal ein Bild machen, was da vorgeht. Die Coast Guard Besatzung sollte erst mal abwarten, falls wir sie brauchten, würden wir sie über

Funk rufen, wenn es die Situation erfordert.

Wir legten ab und nahmen Kurs auf Sanibel Island, südlich vorbei am Sanibel Lighthouse. Das Boot hielt einen Abstand zur Sanibel Küste von drei Meilen.

Von der Coast Guard Anlegestelle bis North Captiva waren es etwas mehr als 30 Meilen, das Schnellboot war über 55 Knoten (Seemeilen) schnell und wir erreichten die Westküste von North Captiva 40 Minuten später. Wir wurden am Strand von North Captiva abgesetzt, bis zur angegebenen Adresse waren es 600 Meter zu Fuß. Die Villa gehörte einem Anton Rasturev und liegt direkt am nordöstlichen Ende des Salty Approach Airstrip. Die Grass Landebahn hatte eine Länge von 650 Meter.

Wir erreichten ein unbebautes Grundstück, direkt an dem

Grass-Strip der Landebahn, gegenüber der Villa von Anton Rasturev. Das Grundstück war mit Palmetto Palmen und Pinien Bäumen bewachsen und bot hervorragenden Sichtschutz. Auf der gegenüberliegenden Seite tat sich allerhand, wie wir durch unsere Ferngläser beobachten konnten.

An der Ostseite des Hauses war ein Weg, der zum Steg mit zwei Booten führte. Es wurde noch immer beladen.

Der Agent, der den Tipp gab, hatte recht. Mindestens vier der Gestalten liefen mit umgehängten Maschinenpistolen herum und bewachten das Beladen des Schnellbootes.

Das Haus hatte auf seiner Südseite ein riesiges Garagentor, vermutlich war es ein Flugzeug Hangar.

Zusammen beobachteten wir das Geschehen aus unserem Versteck und sahen, dass sich fünf Männer und eine Frau sich auf das Boot begaben und starteten den Motor. Das Schnellboot verließ das Dock und nahm Kurs auf Cayo Costa und dann vermutlich in den Gulf of Mexiko.

Ich informierte die Coast Guard Besatzung, das Boot durfte auf keinen Fall entwischen.

Bert meinte, „Das ist ein schnelles Boot und mit aller Wahrscheinlichkeit auf maximale Geschwindigkeit getunt, solche Boote werden für den Drogenschmuggel benutzt. Ich hoffe, dass die Coast Guard mithalten kann."

Snake glaubte, dass der gesuchte Sam Petrovich versucht, mit dem Boot in Richtung Mexiko oder Belize zu verschwinden.

Ich sagte, „Wir sollten besser noch abwarten und weiter die Villa beobachten, ich traue dem Braten nicht, so wie es *aussieht, sind noch die Wachleute im Hause und die schnappen wir uns*".

Bert forderte über Funk Verstärkung an,

„Ich hoffte, dass diese rechtzeitig eintrifft."

Wir beschlossen noch eine halbe Stunde zu warten, dann stürmen wir die Villa und nehmen die Wachleute fest.

Der Coast Guard Kapitän informierte uns, dass er die Verfolgung des Schnellbootes aufgenommen hat, er meinte, das Boot sei mit mindestens 50 Knoten in Richtung Südwest flüchtig und er habe Hubschrauber der Coast Guard angefordert, falls er nicht in der Lage ist das Schnellboot aufzubringen.

Das flüchtige Boot sei mit halsbrecherischer Geschwindigkeit unterwegs, bei den derzeit herrschenden Wellen im „Gulf of Mexiko". Das grenze schon an Selbstmord. Die

Wellenhöhe beträgt derzeit 1-2 Meter, im offenen Gulf sind mehr als 3 Meter vorhergesagt, das sei die maximale Höhe für sein Schiff mit 55 Knoten zu fahren. Die Distanz zu dem flüchtenden Boot betrage noch einen Kilometer und der Abstand verringere sich von Minute zu Minute, er rechnet damit, dass er es in einer Stunde eingeholt hat, befürchte aber, dass das Fluchtboot auseinanderbricht, wenn es die Geschwindigkeit bei diesem Wellengang beibehält.

In der Villa war es ruhig, keiner befindet sich außerhalb des Hauses, wir konnten nicht sehen, was in dem Haus vorgeht. Auch wussten wir nicht, wie viele Personen sich wirklich im Haus aufhalten. Das erhöht das Risiko, wenn wir das Haus stürmen, bevor die Verstärkung hier ist.

Gerade wurden wir informiert, dass zwei Boote und ein Hubschrauber mit einer sechs Mann Besatzung noch circa 15 Minuten brauchen bis sie Vorort seien, der Hubschrauber ein paar Minuten eher.

Wir lagen weiter auf der Lauer in unserem Versteck gegenüber der Villa des Anton Rasturev und hatten beschlossen, auf die Verstärkung zu warten. Das Risiko war einfach zu groß, auf eigene Faust zu handeln. Im Moment tat sich sowieso nichts, wo wir hätten sofort eingreifen müssen.

Noch vor Ablauf der halben Stunde, die wir uns gesetzt hatten, tat sich was gegenüber. Das Hangar-Tor wurde aufgefahren und ein Flugzeug, es war eine Cirrus SR 22Turbo, wie ich es sehen konnte. Ein schnelles Flugzeug mit einer Reichweite von über 1000 Meilen (ca. 1.609km). Das reicht bis Mittelamerika, mindestens.

Und jetzt konnte ich durch das Fernglas deutlich erkennen, es war Sam Petrovich, der ins Cockpit kletterte. Jetzt mussten wir eingreifen, ich blies zum Angriff und wir stürmten aus unserem Versteck. Wir rannten im Zickzack über die Landebahn auf das Flugzeug zu. Im Moment waren wir ungedeckt, aber man hatte uns noch nicht bemerkt. Wir hatten noch 20 Meter, dann fanden wir wieder Deckung hinter Büschen und Bäumen an der Südseite des Hauses.

Jetzt hatte man uns entdeckt und sie begannen sofort auf uns zu schießen, die Kugeln flogen uns um die Ohren und wir schossen zurück. Einer der Wachleute wurde von Snake getroffen, er stürzte und blieb mit dem Gesicht im Sand liegen. Ich schaltete den Zweiten aus,

Bert den Dritten. Der vierte verschanzte sich hinter einem Grill Häuschen.

Sam Petrovich ließ gerade den Motor an, als der Polizei Hubschrauber sich von Ost über den Pine Island Sound näherte.

Ich rief den Piloten über Funk, er solle den Heli in die Mitte der Landebahn setzen, damit das Flugzeug keine Möglichkeit hat zu starten.

Der Pilot hatte die Situation sofort erkannt und landete den Hubschrauber auf der Piste und blockierte die SR22T von dem Versuch zu starten.

Das war gerade rechtzeitig, ein paar Minuten später und Sam Petrovich wäre entkommen, so saß er uns jetzt in der Falle.

Petrovich hatte die neue Lage erkannt und sprang aus dem Flugzeug, er flüchtete zurück zum Hangar, Bert und Snake hinterher, er schoss jetzt wild um sich und die beiden mussten hinter einem Rasenmäher Schutz suchen.

Mittlerweile schwärmten die Kollegen des Hubschraubers aus und umstellten die Villa. Der Wachmann, der sich hinter dem Grill Häuschen verschanzt hatte, kam mit erhobenen Händen aus seinem Versteck, er hatte erkannt, wie sinnlos seine Lage war und ergab sich. Snake, rief ihm zu, er solle sich auf den Boden legen, mit den Händen hinter dem Kopf verschränkt, was der auch tat. Snake legte ihm Handschellen an und führte ihn ab.

Sam Petrovich hatte sich inzwischen ins Haus zurückgezogen.

Wir beratschlagten, zusammen mit den Kollegen des SWAT Teams das weitere Vorgehen.

Mittlerweile waren auch die beiden Boote angekommen und die Mannschaften bezogen Stellung um das Haus.

Ich forderte Sam Petrovich über Lautsprecher auf, sich zu ergeben, das Haus sei umstellt und er hätte keine Chance zu entkommen, ich sagte weiter, er solle mit erhobenen Händen herauskommen, oder das Haus würde gestürmt.

Fünf Minuten später erschütterte eine Explosion, den Pine Island Sound, Sam Petrovich hatte sich in die Luft gesprengt.

Das unrühmliche Ende eines Verbrechers. Er hat es vorgezogen, lieber zu sterben, als sich zu stellen.

Der Kapitän des Coast Guard Schnellbootes meldete gerade, das flüchtende Boot sei aufgebracht, von der Besatzung wurden zwei Mann getötet, die anderen zwei sowie die Frau hatten sich ergeben.

Im Boot wurden Kisten mit Dollar Noten und andere Währungen in Millionenhöhe, sowie Kontoauszüge und Überweisungen gefunden.

Ich sagte:

„Da ist aber keiner mehr, der sich darüber freuen wird."

Wir packten unsere Ausrüstung zusammen, dankten den Kollegen des SWAT Teams und der Coast Guard und begaben uns zum Boot, mit dem wir gekommen waren und fuhren zurück zur Coast Guard Station an Fort Myers Beach.

Auf dem Weg zurück, wollte Snake wissen, *„Ob wir ihn nächste Woche begleiten wollten, er möchte noch mal Häuptling Sam (Jumper) Obiaka einen Besuch abstatten."*

Bert und ich lehnten dankend ab,

„Einmal ist genug, wir haben immer noch einen Sonnenbrand auf unseren Nasen, lasst uns lieber heute Abend zu „Grimaldi's" Pizzeria in den Bell Tower Shops essen gehen,

geht auf meine Rechnung," sagte
ich.

ENDE